薪 火

——董家骨科百年印记

宋 行 编著

北方妇女儿童出版社

图书在版编目(CIP)数据

薪火 / 宋行著. –– 长春：北方妇女儿童出版社，
2017.12
ISBN 978-7-5585-1898-0

Ⅰ.①薪… Ⅱ.①宋… Ⅲ.①传记小说 – 中国 – 当代
Ⅳ.①I247.5

中国版本图书馆 CIP 数据核字(2017)第 298913 号

出 版 人	刘　刚
责任编辑	张晓峰
封面设计	郑长梅
开　　本	710×1000mm　1/16
印　　张	10.25
字　　数	90 千字
版　　次	2019 年 1 月第 1 版
印　　次	2019 年 1 月第 1 次印刷

出　　版	北方妇女儿童出版社
发　　行	北方妇女儿童出版社
地　　址	长春市人民大街 4646 号
	邮　编：130021
电　　话	编辑部：0431-86037512
	发行科：0431-85640624

定　　价　　28.00 元

几代人薪火相传

铸就一个百年老字号

背后的故事

是传奇，也是乡音

前　言

人于病痛之际，总是寻求对付疾病的方法和知识，并将这些方法和知识总结积累起来，传之后世，以求身体健康，延年益寿。中医就是中华民族在与自然及疾病的长期斗争中发展起来的传统医药及养生科学，如果从战国时期成书的《黄帝内经》算起，至今已有近三千年的历史，而人们耳熟能详的神农尝百草的传说故事，则说明其源头还可推至更久远的上古时代。《黄帝内经》系统总结了先秦时代的医学成就和临床经验，阐述了传统中医学的五大核心理论——阴阳五行学说、脏象学说、经络学说、形神学说和天人学说，奠定了中医药学和养生学的理论基础，至今仍是中医临床的理论指导。

以《黄帝内经》为代表的中国医学著作，主要讲的是人体经脉阴阳五行之说，除去经脉阴阳，像元明十三科中的"正骨金镞"之学，则是中医对世界医学的又一贡献。如果说经脉阴阳之学是看不见又摸不到带有一点"玄学"影子的话，那么中医传统的"正骨"之术，则是一道实实在在的，富有实证主义的科学技术之光。长于分析和解剖的西方现代医学之所以认为中医为古老而神秘，原因就在于西方人很难理解构成中国传统哲学理论基石的阴阳五行学说。而像接骨正骨，则是思而可知，知而叹服的普世济人之术，也就易于接汇世界医学之林了。

世事沧桑，逝水匆匆。无论是中医的经脉之学，还是正骨接骨之术，目前都存在着文献凋零，检拾不易的现状。这种情境，直接影响着中医传承发展。从董庆和创建"天德堂"以来，董家骨科至今已发展了近二百年。然而，我国诸医家都有重医治不重记录的习惯，再兼之时间漫长，文献亡佚，是故我们今天看到的董氏正骨之术，只有眼前的医术传承，而历史的细节和前贤的风貌，只能想像其风烟云影，诚为可惜。

基于此，笔者阅诸文献，访于道路，问于长者，用了一年的时间大体重现出董氏五世行医的概况。以文史之笔，记录情实，兼以合理想象串珠成环，借以展示此非遗之瑰宝，让后人知晓董家骨科昔日辉煌。同时，笔者在行文之中，以其最基础的史实，根据村人长者的回忆，在尊重历史的前提下，对往日时间的沟壑，填充了适当的细节，此亦仿当日太史公笔法。望诸方家，批评为幸。

序　言

　　受老同学李连科(安丘市文化局原局长)之约,为描述安丘董家骨科百年传承的《薪火》一书写个序言,自感有些不合适,因为非自己专业,写起来难免挂一漏万,遗人以笑柄,故勉为其难。

　　众所周知,中医是璀璨中华文化中的特殊医学,中华文化是中医之根。而中医骨伤科又是中医学中的特殊医学分支。"中医是中华文化伟大复兴的先行者。"习近平同志把中医提到了如此之高的历史地位。为了挖掘和弘扬中华文化的中华医学特殊技术,宋行先生编著了《薪火》这本书,该书通过记录董家骨科世家的创业史和发展创新史来总结先辈们的创业艰辛,启迪后人奋发努力。

　　中医骨科包含在中医伤科之中。伤科学主要研究防治皮肉、筋骨、气血、经络、脏腑及骨关节损伤与疾病的学科。中医伤科萌芽于夏商周时期,基础理论形成于春秋战国时期,当时指导中医骨伤科的理论已经形成,如解剖知识,气血学说,肾主骨学说等等。三国、晋、隋唐在骨伤诊疗技术的进步较为突出,南北朝对于创伤、疾病的诊断和治疗方面积累了丰富的方法和经验,形成了中医骨伤科的诊断治疗学。晋葛洪《肘后救卒方》,南朝龚宣庆《刘涓子鬼遗方》,隋巢元方《诸病源候论》,尤其唐代蔺道人《仙授理伤续断秘方》是我国现存最早的中医创伤骨伤科为主的专著。元危亦林《世医得效方》的骨伤科成就,代表了金元时期中国骨伤科的发展水平,居于当时世界医学的前列。明代初期骨科逐渐从外科分出,为"接骨"和"金镞",即"正骨"和"军阵伤科(金镞科)"。明代异远真人《跌打损伤妙方》,薛已《正体类要》,清吴谦《正骨心法要旨》等著作,系统总结了前人的经验,并有了长足进步,构成了中医古代骨伤科学的整体面貌。然而,鸦片战争之后,中医骨伤科受到了极大摧残。此间著作甚少,极其丰富的骨伤科经验散存于老一辈中医师散在于民间,缺乏整理和提高。新中国成立前后,中医骨伤科的延续以祖传和师承为主,医疗活动规模极其有限。

基于此,愚以为应努力发掘传承民间及的中医骨伤科经验,以振兴中医骨伤科的萎靡,推动医疗卫生事业发展,造福全人类。

骨乃体内承重墙,松疏迟软质密强。左右阴阳巧调燮,传统绝技架钢梁。

爰为之序。

中国中医基础理论分会名誉会长 王昌恩
2018 年 11 月 9 日

目 录

第一章 从董家骨科管窥安丘古代医者

作为世界文化最灿烂的国粹遗存之一,中医早在春秋战国时期便已形成了基础性的理论。漫漫两千年,我国中医在发展过程中峙立出一座又一座山峰,久久为世人仰望着。山东省安丘董家骨科便如同我国中医之林的一树浓浓的春荫,在风来雨过间,在如流的岁月中,越发郁葱青笼。

从安丘董家骨科创始人董庆和于道光十二年(1832)创立"天德堂"医号以来,至今已煌煌近两百年。近两百年里,董家骨科的董庆和、董玉善、董尚景、董桂芬、董胜军等历代传承人妙手仁心,以传统的正骨八法为根基,以其独到的手法整复,骨折固定,药物治疗,药剂熬制等四大绝招,为整个安丘大地及其周边百姓祛除了无数病痛疾苦;其医德医术,也为人口口相传,散芳齐鲁。而长时间以来,因无综合整理研究,二百年间的董家旧事正在渐次尘封。为了不让这些闪亮的珍珠持续散落,我们将董家骨科纳入传统医学的大范畴,纳入安丘历史的大视野,从而作全景式的记录。

古代安丘中医之类属及人文遗迹探寻

我国传统文化,素来偏重类别之分。而所谓类别之分,亦即孔子所谓"必也正名"之理。从文献典籍的角度考察,在古代经、史、子、集四大类文化范畴中,"医"是从属于子部学问的。

《四库全书总目》中论子部曰:"自六经以外立说者,皆子书也。其初亦相淆,自《七略》区而列之,名品乃定。其初亦相轧,自董仲舒别而白之,醇驳乃分。其中或佚不传,或传而后莫为继,或古无其目而今增,古各为类而今合,大都篇帙繁富。可以自为部分者,儒家以外有兵家,有法家,有农家,有医家,有天文算法,有术数,有艺术,有谱录,有杂家,有类书,有小说家,其别教则有释家,有道家,叙而次之,凡十四类。"

从上文可以看出,在古代儒生眼中,天地之间的学问,几乎都可以囊括于这十四类之中。那么,何谓医家之学问呢?即下文所言的"本草经方,技术之事也,而生死系焉"。在四库学的子部医家类的总叙中,四库馆臣又对医家门类作了如下阐释:

"儒之门户分於宋,医之门户分於金、元。观元好问《伤寒会要》序,知河间之学与易水之学争。观戴良作《朱震亨传》,知丹溪之学与宣和局方之学争也。然儒有定理,而医无定法。病情万变,难守一宗。故今所叙录,兼众说焉。明制,定医院十三科,颇为繁碎。而诸家所著,往往以一书兼数科,分隶为难。"

这部分阐释中,值得注意的是"儒有定理,而医无定法。病情万变,难守一宗"的论述。这句话不但遥遥承接着"本草经方,技术之事也,而生死系焉"的济人安危的之术,还将儒与医作了联类对比。也就是说,医者,不再是单纯技术意义上的术,而有了意识形态意义上的哲学意义。同时,此段还说出了古代医书的科类分别。

四庫全書總目 卷一〇三 子部 醫家類一

欽定四庫全書總目卷一百三

子部十三

醫家類一

儒之門戶分於宋，醫之門戶分於金元。觀元好問《傷寒會要序》，知河間之學與易水之學爭。觀戴良作朱震亨傳，知丹溪之學與宣和局方之學爭也。然儒有定理，而醫無定法，病情萬變，難守一宗。故今所敘錄，兼賅眾說。明制醫院十三科，頗為繁碎，而諸家所著，往往以一書兼數科，分隸頗難，今通以時代為次。漢以後名醫之書，人悉附錄。周禮有獸醫附焉。

黃帝素問二十四卷內府藏本

唐王冰註。漢《藝文志》載《黃帝內經》十八篇，無《素問》之名。後漢張機《傷寒論》引之，始稱《素問》。晉皇甫謐《甲乙經序》，稱《鍼經》九卷，《素問》九卷，皆為《內經》，與《漢志》十八篇之數合，則《素問》之名起於漢晉間矣。故隋、唐《志》所載，皆作《黃帝素問》。惟《宋·藝文志》始著錄也。然《隋志》載梁有《黃帝素問》八卷，全元起註。其書頗有岐誤。塗以悉刪除，而禮有獸醫。今從其例附錄。

靈樞經十二卷

大理寺評事馬元台。晁公武《讀書志》曰：王冰《靈樞註》漢《藝文志》有《黃帝內經》十八卷，《九靈九卷》，或謂《九靈》即《靈樞》也。案晁公武謂《讀書志》曰，《王冰》謂《靈樞》即漢《志》之《黃帝內經》。

本亦作冰字，或公武因杜詩而誤耳。其名晁公武《讀書志》作王冰，杜甫集有贈重表姪王砅詩，砅於醫理者矣。冰見新唐書《宰相世系表》云：砅字冰，然則冰又名砅，蓋以水為名者也。

史藏元呂復《群經古方論》曰：內經《靈樞》漢《隋志》皆不錄，隋有《黃帝鍼經》九卷，唐王冰以九靈更名為《靈樞》，又謂《九靈》尤詳於鍼，故詭其名曰鍼經一經，而二名不應，唐人已言之矣。又近時杭世駿道古堂集亦有《靈樞經跋》，引七略《漢·藝文志》黃帝《內經》十八篇，《靈樞》九卷，《素問》九卷，合十八篇是也。

王砅亦詭合然唐、宋《志》皆作《王冰》，而世傳宋、梁、僕、令、米知。然醫家皆稱王太僕，習讀儼書也。

元起本第幾字，猶可考見其舊第，所註排決俟奧，多所發明，其補大熱而甚寒之不寒足。無火也，大寒而甚熱者不熱是無水也。無火也探水之主，以濟陽光，益火之源以消陰翳，則熱之久者亦壯水之主。

二家後有《房中》、《神仙仙》二家。今悉刪除，惟醫例附錄。載治《九家雜列》，醫書附錄。此門而退置於末簡，貴人賤物之義也，太素脈。法不關治。今別收入術數家仍不著錄。

證甲乙經序，稱《鍼經》九卷，皆為《內經》與《漢志》十八篇之數合，則《素問》之起於漢晉間矣。故隋、唐《志》所載，皆作《黃帝素問》，然今本頗更其篇次，然每篇之下必註全。

元以水為資應中人方白謂得傳藏之本，補足此卷。宋林億等校正，謂冰以《九靈》更名《靈樞》漢隋《志》皆不錄，隋有《黃帝鍼經》九卷黃帝九卷，《素問》九卷，合十二篇是也。

機傷寒論所稱陰陽大論之文，取以補所亡論以下卷軼，獨多與素問絕不相通，疑卽張之卷，理或然也，其刺法論篇亡，論則冰本亦闕不能復補矣，冰本頗更其篇次，然每篇之下必註全。

九靈尤詳於鍼，故又或《王冰》更名為《靈樞》。又謂《九靈》尤詳於鍼，故詭其名曰鍼經一經，而二名不應，唐人已言之矣。近時杭世駿道古堂集亦有《靈樞經跋》，曰七略《漢·藝文志》黃帝《內經》十八篇，《靈樞》九卷，《素問》九卷，合十八篇是也。

自九《靈樞經》目七略漢《藝文志》黃帝九卷，《素問》九卷，合二十一篇王冰以九靈名為《靈樞》，不知其何所本。余觀其文義淺短，與《素問》而錯張之，其為王砅之書不類又似竊取《素問》而錯張之。其為王砅之言不類又似竊取素問而錯張之。

《四库全书总目·子部·医家类》

其实，在明制十三科之前，元代即有十三科的详细分类。陶宗仪《南村辍耕录》卷十五记曰："医有十三科，考之《圣济总录》，大方脉杂医科、小方脉科、风科、产科兼妇人杂病科、眼科、口齿兼咽喉科、正骨兼金镞科、疮肿科、针灸科、祝由科则通兼言。"再进一步分析即可知，陶宗仪所谓十三科，其实只是十科，此即元大德九年五月合为十科之后的分类。

　　而明代十三科则为大方脉、小方脉、妇人、疮疡、针灸、眼、口齿、咽喉、伤寒、接骨、金镞、按摩、祝由。1571 年,明代的十三科改为十一科,增设了痘疹科,改疮疡为外科,接骨为正骨,去金镞、祝由与按摩等科。以上可见,骨科在元明清之时,便已蔚然独立成科了。

　　那么,在明清两代,安丘的医学诸科,甚至是骨科留存或者说文献线索,至今又有哪些遗迹可寻呢?

　　做为关乎人之生死的学问技术,其实只要有人类活动,就有医术的实施和传承。实际上任何时代的医学成就都是前代积累层存的。但古代史志记载,往往多重学问,素轻技术,今天来看,留存线索是极其少的。在古代,医术之流往往列入技术传。考察安丘史志,明万历《安丘县志》、康熙《续安丘县志》皆无技术传,自然也就几乎没有医学线索。直至民国三年《安丘新志》,才单列了技术传,并从张贞《渠丘耳梦录》转引了窦仁宇的医术故事,而这条记载,恐怕亦是安丘关于医科最早的遗存。

　　《渠丘耳梦录》记云:

　　窦翁仁宇,工长桑之术,活人不可量数。予十许岁时,翁年已开九秩。吾母婴寒疾,几危,亟延翁至,饵以药,即日疾平。翁居西乡,唯挈二妾悬壶城中。岁暮偶归,望见其妇形色有异,遂脉之曰:此行尸也,法当不治。妇恚曰:汝溺少艾,自利吾死,故相诅祝耳!翁不辩而出。至祠灶日,其子入城市红烛绛纸等物,翁叱曰:汝母无恙乎?衣襫含敛,今日所需也,购此奚为?子归,而母殒矣。诸生韩朋桓招翁视其妾梁氏劳疾,甫及庭,闻嗽声即却走,曰:肺气已绝,尚复何言。数日果卒。或谓君之技精乃尔,得毋出青囊秘授耶。翁曰:吾何尝有异闻,唯于龚云林先生之书刻意抉发,既得统绪,又能以意参互用之,故粗无谬误也。死后,子孙屏当遗箧,果仅医鉴数册而已。

民国九年《续安丘新志》卷二十二,承接《安丘新志》,亦列有技术传,载录了刘用康、曹绪武、刘磐三位医者的事迹。今分列如下:

刘用康,字锡侯,(刘)际平曾孙,恩贡生。邃于医,尤精女科,所用方剂,神明变化,人多不解,而应手奏效。为人慷慨,乐易经,明行修,凡邑中善举,皆躬为之倡。乡人推重焉。著有《医镜临症便览》《妇科辑要》各一卷。

曹绪武,字绳祖,号裕斋,善治痘疹,能望色决人生死,疗治多奇验。著有《曹氏痧疹》一卷行于世。

刘磐,字介夫,亦精痘疹,全活小儿无算。著有《疹症辑要》一卷,尽以其术授弟子马兴隆,兴隆授张咸熙、贺克敏。张善痘前,贺善痘后,并有名于时。

同时,根据当地学者牛鹏志所著《安丘历代著述考》一书所考录文献,其统计安丘古代医家文献遗存共有九种。今将其题名及考录全载如下:

《半山岐黄术》,清张德铣撰。张德铣(1779—1835),字仪庭,号石农,嘉庆八年岁贡,历任临邑、郓城、禹城等地学篆。《安邱张氏续族谱》、《安邱县乡土志》有传。是集[宣统]《山东通志·艺文志》据《安邱县乡土志》著录。然察《安邱县乡土志》卷九张德铣传中未著录是书,内仅云其"尤善岐黄术,病家至门,虽昏暮必往,辄应奏效,活人无算"。

《痘科针法论》一卷,清陈圣经撰。陈圣经,字书六,号贤傅,精于岐黄。是论《安邱北关陈氏族谱》卷六《书六公传》著录。《安邱北关陈氏族谱》卷六《书六公传》云"少习儒业,入太学不得志,遂攻岐黄,以寓济世利物之心。殚精博览,素问诸书,无所不读。尤精痘科、眼科、外科针法得心应手,独具神妙。目中恶痘从来针法未及,以积久有得,著为论。……晚岁著书补其说,于姚氏十二针法之后,又列生平所经异症若干条。"其论可见此传中。

《痘疹心要》四卷,《眼科》一卷,《外科》一卷,清陈圣经撰辑。陈圣经,字书六,号贤傅,精于岐黄。三集《安邱北关陈氏族谱》卷六《书六公传》著录。

《安邱北关陈氏族谱》卷六《书六公传》云:"少习儒业,入太学不得志,遂攻岐黄,以寓济世利物之心。殚精博览,素问诸书,无所不读。尤精痘科、眼科、外科针法,得心应手,独具神妙。目中恶痘从来针法未及,以积久有得,著为论。……晚岁著书补其说,于姚氏十二针法之后,又列生平所经异症若干条。……所著纂辑《痘疹心要》四卷,眼科一卷合为一书,又外科一卷为一书,方诊六微各有发明,其书具在,藏之以俟知者论定焉。"传中著述前后未之一致,所谓"著为论""晚岁著书补其说"者即载其所撰辑《痘疹心要》四卷中,其下《安邱北关陈氏族谱》卷六又飞公传云其有序《痘疹心要》,可知《痘疹心要》四卷前有陈鹏举序。

《医镜临症便览》一卷,《妇科辑要》一卷,清刘用康撰。刘用康,字锡侯,道光二年恩贡,《续安邱新志》有传。《续安邱新志》卷二十二本传及《艺文考》著录。《续安邱新志》卷二十二刘用康传云:"邃于医,尤精女科。所用方剂神明变化,人多不解,而应手奏效。……著有《医镜临症便览》、《妇科辑要》各一卷。"

《医海蠡测》一卷,清王瑞麒撰。王瑞麒,字石生,咸丰九年例贡,王简之孙。是编《安丘王氏丛书目录》著录。

《敬口斋痘科》无卷数,清韩仁原撰。韩仁原生平不详。是集[宣统]《山东通志·艺文志》据采访册著录。

《观棋堂外科》无卷数,清曹其偁撰。曹其偁生平不详。是集[宣统]《山东通志·艺文志》据采访册著录。

《曹氏痧疹》一卷,清曹绪武撰。曹绪武,字绳祖,号裕斋,《续安邱新志》有传。是编《续安邱新志》卷二十二本传及《艺文考》著录。《续安邱新志》卷二十二曹绪武传云:"善治痘疹,能望色决人生死,疗治多奇验。著有《曹氏痘疹》一卷行于世。"

《疹症辑要》一卷,清刘磐撰。刘磐,字介夫,《续安邱新志》有传。是编《续安邱新志》卷二十二本传及《艺文考》著录。《续安邱新志》卷二十二刘磐传云:"刘磐字介夫,亦精痘疹,全活小儿无算。著有《疹症辑要》一卷。"

综上可见,安丘历史上的医迹留存,尤其是文献遗存,主要为痘疹、妇儿诸科。而在安丘董家骨科家传的手抄文献中,最近发现了一份董家骨科创始人董庆和墓志短文,这在安丘古代医界痘疹、妇儿诸科之外,第一次出现了正骨一词,填补了前人的空白。从体例分析,该文应是墓志铭上刻前的拟文,并非正式摹刻之底本。其文如下:

渠丘董君,讳庆和,擅岐黄,长于正骨术,救人于病楚间不知凡几。渠丘周邑无不敬焉,少即有儒者之风。常言医者非独医人之疾痛,亦医人之德病矣。行医间手不废卷,乡里皆以雅医称之。铭曰:安时以难,清者董卿,中有德实,医者儒风。

从上可见,董庆和不只是一个只懂行医的乡野大夫,而是一个业儒而医的儒医。儒者仁心,医者仁心,这个"仁"字,也贯通在董庆和以及他后世行医的子子孙孙身上。

安丘董家骨科之发展脉络

安丘董家骨科创始人董庆和,清嘉庆八年(1803)生,原名庭玉,后改名庆和。自少熟读史书,好善乐施,人送外号"董大善人"。清道光十年(1830),一位旗人子弟路经渠丘(安丘古称渠丘),因贫病交加,困于董家王封村,遇到董庆和好心收留,热情照料,病愈离别时为报答董家恩泽,旗人将几代家传的接骨秘笈赠与董家,传授正骨医术和医书作为报答。勤奋好学的董庆和潜心学习所得正骨医术,经过长期实践,试着按旗人秘方给邻里众人配药,诊治骨伤、骨病,每显奇效。清道光十二年(1832),董庆和创行医名号"天德堂",形成了独特的董家骨科正骨疗法。董庆和将其医术传其子董玉善,同时传其侄董福堂、董福亮。董玉善继承父业,术理精深,曾为当地平民和官吏治愈骨伤,他一只箩筐救穷人的故事口传至今。1896 年董玉善离世,生前将其医术传于长子董尚景。1906 年,董尚景携家人迁入安丘城东关居住。此时的他已医术大长,疗法独特,医德高尚,在方圆百里有"接骨神仙"的美誉。后在抗日战争和解放战争期间,董氏家族为八路军和鲁中军区的将士们多次治疗骨伤,并为台儿庄战役兵团副司令李延年的夫人治愈骨伤。还救治过伪和平建国司令厉文礼所属十团团长韩寿臣的骨伤。1952 年董尚景病逝,董家骨科医术传其长子董桂芬,董桂芬秉承董氏家族数代人正骨研药之真传，形成了完整系统的理论和方法，正骨技术已很成熟。并将"活血散"、"接骨丹"、"外敷膏药"等祖传秘方公诸于世，形成了独特的正骨手法及个性药物治疗。1975年，董桂芬离世。董桂芬之子董胜军承接父亲衣钵，并自我学习参证，形成了独特的正骨手法及个性药物治疗。董胜军结合现代化的仪器创建发明了很多简单有效无痛苦的外固定方法，用科学的方法改良了制剂，使骨科制剂更加卫生，服用方便，疗效也更加确切。目前董家骨科已申请成立了潍坊市董家骨科研究所，并在青岛、潍坊、安丘等地设立诊所。董家骨科正骨疗法传播范围很广，仅2008年就收治骨病患者1万余人。传播方式由家人传授，发展为学校讲授、专家研讨、学术交流。董家骨科第五代传人董胜军在省级以上中医学刊物发表学术论文4篇，培养学生300余人，董家骨科正骨疗法流传河北、宁夏、山东等地。

董家骨科的上述特征，使其在国内骨伤医学界占有十分重要的位置，并产生了较大影响。为使董家骨科正骨医术健康发展，董家骨科向国家工商总局申请注册了董家骨科商标，向山东省人民政府申请申报了省级非物质文化遗产。国家、省、市、县卫生主管部门分别颁发了董家骨科《医疗机构执业许可证》、《医疗机构制剂许可证》、《医疗器械许可证》。董家骨科被评为山东省潍坊市首批"老字号"，被山东省潍坊市人民政府公布为第二批非物质文化遗产名录。董家骨科具有较大的历史、文化和科学价值。其一，她自诞生之日起至今已足二百年，几代董氏传人秉承祖训，以丰富深刻的医学奥妙和独特的正骨方法，以往秘密传承的历史，如今广泛传播的影响，国内罕见。其二，

在治疗方法和用药配方上总结创新,正骨理论逐渐丰富、成熟,正骨技法精湛,具有不手术、痛苦小、康复期短、用具简便、治疗费用低等特点,解决了群众看病难、吃药贵的问题,深受群众欢迎。其三,董家骨科正骨医术显现出道家、儒家的思想印记,董氏五代传人治病救人,辩证施治的医德医风,体现了中华民族的传统美德,是我国传统文化宝库中一颗璀璨的明珠。董家骨科在胶东一带颇负盛名,据不完全统计,自 1978 年以来,已收治国内外骨伤骨病患者 60 万人次。

董家骨科正骨是祖国医学花园里的奇葩,是董家五代传人传承下来的宝贵财富,是一笔丰厚的中医医学文化遗产。

第二章　董家骨科之安丘董氏源流

安丘董家骨科系出汶水东岸董家王封村。该村现位于安丘新市区东邻,属大汶河旅游开发区境内,夏小路东西贯通其中,墨溪河南北径流而过,东接汤汤汶河,南依青云翠黛。置身其中,村内高楼低檐,古树新枝,不但集成了遗存与变革、守望与翩飞的交响,也似乎在向世人诉说着无数的斜阳沧桑和无边的过往。

据《安丘县地名志》记载,该村明代正德年间董氏立村,初名董家宅科。后村址北移,处王封之地。相传,东汉将军程公战死后,受封葬于此地,西起汶河村东岸,东到祈嗣崖,称为王封地。故曰董家王封。复察明万历《安丘县志》卷四古迹考载有祈嗣崖,其云:"祈嗣崖在东北十八里汶水之滨,旧传杞子祷嗣于此,上有遇仙观。"此可知董家王封村境古来即是人文之渊。在明代万历年间,尚存遇仙观。其后安丘城内的八蜡庙,原来也在祈嗣崖。万历《安丘县志》卷五建置考祠庙八蜡庙条下载:"旧在祈嗣崖,知县熊元改于城东一里许。"明万历年间,王封属汶水乡,当时仅有大王封、小王封之别。自清代至民国,王封皆未有乡社之领。

关于王封之村名,我们再试作探讨如下。《安丘县地名志》所云其村由来为"东汉将军程公战死后,受封葬于此地,西起汶河村东岸,东到祈嗣崖,称为王封地"。这种说法当是祖辈口口相传而来的。东汉将军程公，就是程普。

据《三国志》记载，程普，字德谋，右北平土垠(今河北丰润东)人。东汉末年东吴的名将，历仕孙坚、孙策、孙权三代。他曾跟随孙坚讨伐过黄巾、董卓，斩华雄、破吕布，又助孙策平定江东。孙策死后，他与张昭等人共同辅佐孙权，并讨伐江东境内的山贼，功勋卓著。赤壁之战与周瑜分任左右都督打败曹操，之后大破曹仁于南郡。程普在东吴诸将中年岁最长，被人们尊称为"程公"。东吴早期的将领，以程普年龄最大，当时人们称呼他"程公"，程普天性乐于施予，喜爱结交士大夫，惟曾与周瑜不睦。据《江表传》记载：程普颇以己年长之故，数次侮辱周瑜。周瑜折节容下，始终不与程普计较。程普后来敬服周瑜而愈加亲重，更向人说："与周公瑾交，若饮醇醪，不觉自醉。"复据《吴书》记录，程普因杀背叛者数百人，投尸于火中，程普即日得病甚重，于建安二十年(215)病逝，死后葬于桂林岗。

由此可见，正史记载与《安丘县地名志》是相冲突的，也可见王封村名大有可能与程公无关。虽然民俗地域文化不必与正史尽合，可在此，我们也可以借机来进一步作合理的推证。

察国内地名，其地名为"王封"者，除安丘王封村外，还有河南焦作王封地、山西太原王封地等。而河南焦作王封、山西太原王封之命名来源皆有二，一是与"坟"字有关，如同"王坟"转音为"王封"；二是王封之地。如《焦作地名志》载其"王封"地来源则云：一传说明代初期，因当时此地无名，仅有一座龙泉寺庙和一座名字叫"王坟"的墓地，人居此地后，起村名为"王坟村"，逐渐变音字为"王封村"。另一传说是：明代有一个万王封到此地，现东王封村南仍有一座"万王冢"，并称"王公地"故名为"王封村"。自河南焦作之王封由来,复根据民俗学、文化学意义上的村名命名例法,则"王封"之名来源者,无外乎有二。一就是自"王坟"转音为"王封";一就是曾有某王封于此地,故曰"王封"。所以,今天安丘王封村,亦不例外。同时,我们可以发现,无论是从哪一种角度出发,"王封"村名之由来必与明朝的某位"封王"有关,至于是明朝的哪个王,现在已经很难考证了。

今天在董家王封村周围,以"王封"为名的,自南而此还有刘家王封、韩家王封、曹家王封、贾家王封。这几个王封村于汶河东岸,苍郁数百年,仿似一直在守护着这片曾经尊贵威严的大地。

复据《董家王封族谱》之《董家王封村大事记》载:明洪武年间,董氏先祖奉牒出广川,穿沧州,经庆元,抵达济南府之阳信。明永乐年间,一世祖董公士贤再迁青州府之寿光洰河。明弘治年间,五世祖君宝公又迁安丘东关,稍后六世祖佐臣公于正德年间搬迁至王封村。清朝嘉庆、道光年间,陆续有宋姓、张姓迁入。民国初年,郝姓、刘姓、曹姓迁入。1959年,兴修牟山水库,库区群众积极响应,1960年、1966年、1967年林姓、马姓、孙姓陆续迁入王封村。

另大事记载录王封史迹云:

嘉靖七年(1528),春,蝗灾,大饥,疫流行。

嘉靖十二年(1533),十月丙子夜,陨石如雨。

嘉靖三十八年(1559),六月,蝗虫蔽日,顺檐而下。

嘉靖四十二年(1563),疫病流行,去者甚。

隆庆三年(1569),七月大水,平地深数尺。

万历六年(1578),十一月,大雪深数尺。

万历四十三年（1615），夏蝗灾，秋大饥。

万历四十四年（1616），春大疫。

万历四十八年（1620），八月，大雨雹，平地厚半尺，大如鸡蛋。

崇祯十五年（1642），十二月，清兵经临，掳走村民。

顺治二年（1645），春，清政府下令蓄发扎辫。

康熙七年（1668），六月，大地震，山丘裂缝，井泉干涸，房屋倒塌大半，人伤无数。

康熙十年（1671），多次地震。

康熙十一年（1672），地瓜自福建传入。

乾隆三十六年（1771）五月，汶河大水泛滥。

乾隆五十年（1785），大旱，蝗虫成灾，落地数尺。

乾隆六十年（1795），四月，有流星大如盂，自北而南，触地光明有声。

嘉庆二十五年（1820），瑞五贺刘耀椿入翰林。

道光十八年（1838），春大旱，逃荒。

道光二十五年（1841），正月大雪，平地深数尺。

道光二十六年（1846），六月十二日地震。

咸丰七年（1857），蝗虫蔽日。

咸丰十一年（1861），二月二十三，捻军途经我村，村民奋起保家卫村。

同治六年（1867），七月，捻军再次袭扰我村。

光绪七年（1881），七月汶水泛滥。

光绪十四年（1888），五月初四，渤海 7.5 级地震。

光绪二十七年(1901),刺槐进村。

民国四年(1915),我村始种烤烟。

民国二十五年(1936),韩寿臣于村组织训练民团,后参加抗日游击。

1949年,庆祝成立王封乡。

此大事记基本从安丘古县志总纪篇摘取重纂而成,虽然跨度极大,记录疏漏过多,可在字里行间,似乎也能看出大体古老的变迁,在这变迁之中,不止沉淀着安丘大地的百年风烟,也在勾勒出安丘董家王封的昔日的艰辛和苦难。

董家王封村正处于汶河冲积平原,地势平坦,平均海拔46米,土壤膏腴。现有耕地810亩,水利条件便利。现以种植经济作物为主,其中以芦笋、蔬菜种植加工而驰名远近。全村现有住户240户,人口近千人,董姓人数占90%。

我国董姓,源流主要有四。一是源于董姓,出自帝舜赐予颛顼后裔飂之子的姓氏,属于帝王赐姓为氏。相传,颛顼的己姓后裔中有个人叫飂叔安,史书上亦称廖叔安。飂叔安有个儿子叫董父,他对龙习性很有研究,于是舜帝就任命董父为豢龙氏,让他专门养龙。在董父的精心驯养下,许多龙学会了表演各种舞蹈,帝舜很是喜欢,就封董父为鬷川侯(今山东定陶),还赐他以董为姓氏,他的后代就是董氏,世代相传至今,是非常古老的姓氏之一,史称董氏正宗。董氏族人大多尊奉董父为得姓始祖。二是源于姬姓,出自春秋时期周朝大夫辛有的儿子,属于以官职称谓为氏。春秋时期,周王朝有个大夫叫辛有,辛有的两个儿子都在晋国任太史,负责董督(考察并收藏之意)晋国的典籍史册,以官名称为董督。在史籍《左传·昭公十五年》中记载:"辛有,周人也。其二子适晋为大史,籍黡与之共董督晋典,因为董氏。"这两个董督的后代世袭晋国史官,一直担当晋国的太史令,其后裔子孙遂以先祖的官称为姓氏,称董氏,世代相传至今。其中一个叫董狐的,时为晋侯史官,其后代则世代为侯氏。三是源于己姓,出自颛顼帝之孙子吴回的后裔,属于以居邑名称为氏。据史籍《元和姓纂》记载,传说重黎是一位氏族首领以谆耀敦大,光明四海。颛顼任命其为火正,专门管理火。颛顼逝世后,其侄子高辛(玄嚣的孙子)继位,即帝喾(帝俊),帝喾任命重黎为"祝融"之官称。后来共工氏作乱,帝喾派遣重黎前去镇压,重黎多次镇压而不成功,帝喾大怒,将重黎召回论罪处斩,然后以重黎的弟弟吴回接替重黎的官位,继续为祝融之官。吴回有个儿子名终,因为封在陆乡(今山东平原),所以叫陆终。陆终有个儿子叫参胡,因住董地(今山东濮城),其后裔子孙就以居邑名称为姓氏,称董氏,世代相传至今。周朝时出现的,据西汉史游《急就篇》及宋人邓名世《古今姓氏书辩证》记载,春秋时,周大夫辛有的两个儿子到晋国,与籍氏一起主管晋之典籍,因其职责是"董督晋史",所以也称为董氏。这一时期晋国的都城在绛(今山西翼城东南),公元前585年,晋景公以新田"土厚水深,居之不疾,有汾、浍以流其恶,且民从教,十世之利",将晋国都城自今翼城县境迁至新田(今侯马市区)故此支董氏出自今山西侯马。辛有的后裔,世袭晋国太史之职,至春秋时,有史官董狐,他不畏权贵,秉笔直书,被誉为"良史"。董狐的裔孙董翳,秦末被项羽封为翟王,都高奴(在今陕西延安延河东岸),子孙遂居陇西(郡治在今甘肃临洮)。西汉时的董仲舒为广川(今河北枣强东)人,其曾孙自广川徙陇西,裔孙徙河东(郡治在今山西夏县西北)。此外,董姓在汉代还分布于今山东定陶、高青，广东广州，四川资阳、德阳，贵州黄平，浙江余姚，湖北襄阳、枝江，福建福州，河南禹州、伊川、南阳、开封、福县、信阳、灵宝等地。至隋唐时期，除上述地区外，今安徽、湖南、江苏、江西等省的一些地方，也都有董姓的居住地。

唐代的《元和姓纂》记载董氏有四个郡望：即陇西、弘农（今陕西华阴）、河东、范阳（今河北涿州）。此外还有济阴（今山东曹县）。唐末，固始（今属河南）的董氏有随王潮、王审知入闽者。而董氏的堂号，主要有两个较为著名。一个是直笔堂，一个是良史堂。这两个堂号都是起于春秋时期晋国史官董狐，因其不畏权势，以良史自任，故后世传诵。董氏主要历史名人有春秋晋国良史董狐、西汉大儒董仲舒、南唐画家董源、金代文学家董解元、明代书画家董其昌等。

和现在大多数董姓族人一样，安丘董家王封也将其远祖追认为董父。据董家王封村2017年新修《董家王封族谱》记载，安丘董家王封之董氏，其远可追溯系黄帝苗裔、颛顼世胄，豢龙氏董氏。

《董氏族谱》还记载着一篇1962年由董氏十八世孙董嵩撰写的《为敦宗睦世表序》，叙述了董家王封之董氏源流。其文转录如下：

吾族董氏也，系黄帝苗裔、颛顼世胄支分帝世派衍皇家。自豢龙氏兴，为帝舜养龙有功封诸鬷川，董子系出景州而显广川，始则鬷川发源，继则广川派衍，宗支虽分，远流本一也。盖闻吾始祖兄弟八人，前明洪武年间奉牒迁出者五，由直隶枣强县迁至武定府阳信县，寄次又迁至山东青州府寿光县，自此分居三处，各立门户焉。长公讳士贤，居洰河；二公讳士能，距洰河西北十五里丹河；三公讳士成，居益都东北渑河，距洰河十五里，士安、士信二公居章丘康家庄、张家庄；士明、

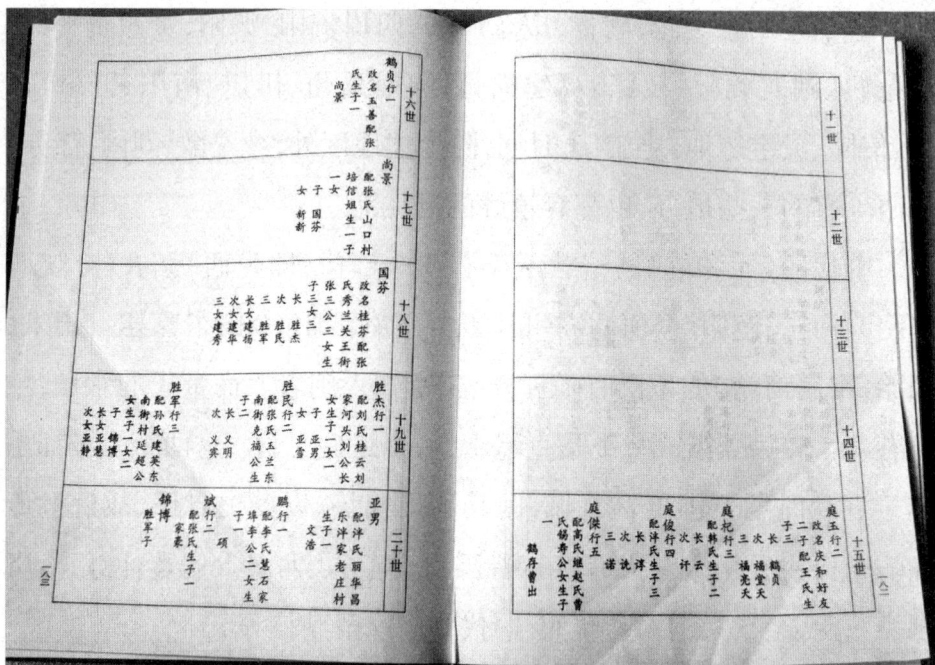

《董氏族谱》所载董庆和家族谱系

士敬、士宽三公祖居未动。始祖士贤子二世祖矗；三世祖兄弟二人,长廷桂,次廷裕；四世祖兄弟三人,长文祥、次文岱、三文学；五世祖兄弟六人,长君禄、次君爵、三君相、四君玺、五君宝、六君聘；五世祖君宝公又自浍河迁至安丘东关而处焉。城东务稼庄西北有安丘全族先茔一所,吾祖君宝公墓在此焉。墓向乾山,巽向,墓前有碑志焉。董家庄七世祖绩公迁出者六,辅臣祖墓在先茔公墓之左,右无可考。余阅老谱,叙说董家庄系王封、下坡、金堆祖之侄,即由此分叙之也。其余之冢墓皆公之后世也。公子五,长佐臣,次使臣,三辅臣,四佑臣,五献臣。自此分为五支。王封祖行一,下坡祖行二,董家庄祖行三,金堆祖行四,寨庄、张相、院庄、田戈庄、王松祖行五,皆系六世祖,实属五世君宝公派衍。寨庄祖大川,张相祖大宽,院庄田戈庄祖大亮,王松祖大明此系七世祖,实属六世祖献臣公派。由此分为四支,各迁吉地,各立门户焉。尤有杏山子、官庄、小坡、皆系王封老长支七世祖行一相仁公派。西董家庄系王封长支十四世龙雨公派,陈家埠系王封老四支十世淮公派,娄子埠、常家庄、东关系王封老二支九世祖继儒公派,北关、董家园系王封老三支少四支十一世祖成华公派衍,安乐官庄系董家庄老长支八世祖九叙公派,石家庄子由田戈庄长支十一世克明公迁出者,荆阳系王封七世祖行五相信公迁出者。无论祖居外寄寓某公支出者,仍系某公支派。一本分为万支,万派仍归一源,而不至于总支之有紊、世系之有乱也。庶可以守先待后,而继往开来,使后世之览者,亦可展卷易明而兴水源木本之思也夫。

我们据此文及《安丘董氏族谱》,可以将安丘董家骨科创始人董庆和的世系源流约略概括。

董士贤→(子)董淼→(子)董廷桂→(子)董文祥→(子)董君宝→(子)董佐臣→(子)董相礼→(子)董季→(子)董仁儒→(子)董恒德→(子)董乘铬→(子)董平→(子)董学义→(子)董好友→(子)董庭玉(董庆和)→(子)董鹤贞(董玉善)→(子)董尚景→(子)董国芬(董桂芬)→(子)董胜军

第三章 董家骨科创始人董庆和行医轶事

　　安丘董家骨科创始人董庆和出生在嘉庆八年（1803）。这一年，在《董家王封村大事记》中并无记载，在民国三年《安丘新志》总纪中，对这一年也只是仅仅记载了"春正月，大雨雪"寥寥数字。

　　在清代，董家王封村虽地近县城，其村却素来少有著名的儒士学人。董庆和原名董庭玉，他幼时关于礼仪仁德之事，几乎全从自己爷爷董学义、父亲董好友那里闻见而来。董庆和爷爷董学义，在董氏大家庭中行二，其长兄名学孔，三弟名学颜，四弟名学闵，从兄弟的名字可以看出，其家风喜儒，故一贯以儒义治家。"学孔"之义，为学孔子之仁道；"学义"之义，为学孟子之义利分别；"学颜"之义，为学孔子弟子颜回之好学行仁之道；"学闵"之义，为学孔子弟子闵子骞之孝义。董学义之妻唐氏亦贤惠孝德，邻里无不称之。

　　董学义膝下有二子，长子董好信，次子即董庆和父亲董好友。董学义另有侄子二人，董学孔之子名董好智，董学颜之子名为董好问，名字之由来也是从儒家经典《论语》"仁义礼智信""友直、友谅、友多闻""不耻下问"等所用取。名字虽然只是一个表面的称呼，可从一人的名、字、号中，完全可以分析出其家庭的门风家规，以及很多在历史转变中的微微痕迹。再从《董氏族谱》董庆和近族中考证，合族之中，以董庆和祖父、父亲辈名字最为考究，儒家色彩最为浓厚，文化底蕴也最为沉潜，由此可见董庆和一族之儒风仁教。这种儒风的侵染自然也就延展到下一代。

董庆和共有兄弟五人，分别为董庭兰、董庭玉（董庆和原名）、董庭杞、董庭俊、董庭杰。董庭兰、董庭玉之名，取义于传统的古代文称。譬如在南朝刘义庆《世说新语·言语》中有这样的记载："谢太傅问诸子侄：'子弟亦何预人事，而正欲使其佳？'诸人莫有言者。车骑答曰：'譬如芝兰玉树，欲使其生于阶庭耳。'"所以，后世便以"玉树庭兰"称美佳子弟。其弟"庭杞""庭俊""庭杰"正是寓含了"譬如芝兰玉树，欲使其生于阶庭耳"的美好寄托。顺便需要周知的是，董庆和原名"董庭玉"之义，并非现在人所熟知的一般意义上的"玉"，此处的"庭玉"，实际上是"庭之玉树"之意义，非"庭之美玉"的意思。其长兄为"庭兰"，三弟为"庭杞"，都是植物之称，其中三弟"庭杞"取自古之"树杞""树桑"之义。其兄名庭兰、其名庭玉，其弟名庭杞，很明显此处的玉并非美玉之玉，而是"芝兰玉树，生于阶庭"之义。

董庆和原名董庭玉，后改名为董庆和。何人为其改名已不可考，何时改名也已经不可考。然而从其名字，从"董庭玉"到"董庭和"，亦然可以看出其父辈或自己寄寓的莫大期望与自信，"和"字最能体现我国传统文化中那种平气盈盈，穆雅静深的特色，也能体现出其一门儒风浸染。

董庆和一门虽然有儒风之浸染，这种少时的耳濡目染也会在董庆和心中埋下小小的种子，但是，在一个没有知名文化学者和文人儒士的大家族中，孩子的眼光自然也会限于四角的天空，只知道空中的阳光和行云，却难以亲自接触那种文化大视野的熏陶。十几岁的董庆和，如同一粒亟待破土的种子，正在等候外界更高层次的熏陶和接引。这个时机，无意在董庆和十三岁那年来到了。

祈嗣崖下闻大义

董家王封村离安丘古城有十七八里路，安丘城内的许多神祠和庙宇，布局在城的外围，其中，安丘著名的古迹祈嗣崖便在董家王封村东。明万历《安丘县志》卷四古迹考载有祈嗣崖，其云："祈嗣崖在东北十八里汶水之滨，旧传杞子祷嗣于此，上有遇仙观。"那个时侯作为城郊的董家王封村周围，有祈嗣崖、遇仙观、八蜡庙。至此，我们可以想像一下，那时董家王封村边有好多好多树，远远看去，村子如同一个绿色帐蓬。冬去春回时候，燕子从南方飞进村庄，在人家厅堂檐梁上垒泥落户，第一场秋雨过后再往南飞；从天空俯瞰安丘城，从城里移向汶水，转向祈嗣崖，会看见绿色掩映中一条又一条青石大道，大道上有人走过，有轿子缓缓移动，一匹又一匹马从一条巷子跑出又跑进另一条巷子，马上的人用力拍打着马屁股。水如同白色的云一样在河里缓缓淌远，河两边大树墨绿苍森，树下一群又一群鸟呼呼啦啦呼呼啦啦从树叶里升起飞远又降落进另一片树叶中，许多高楼和庙宇在浓荫中时隐时现，数不清的院落和巷子在绿叶下抬头仰望，拱起的石桥和平展的青石大道把这一切悄悄连在一起，从城里向外看，会看见蓝天白云低依着城墙四处轻轻流动，城墙高高站立，村子肃穆而又安祥。

一个在汶水之滨的村庄，周围有这么多的名胜古迹，每逢佳节春日,或秋光弥漫之时,自然吸引许多善男信女来此烧香叩头,许多文人墨客赋咏寄怀。

嘉庆二十一年(1816)清明节,和往年一样,十三岁的董庆和便和同村的几个小伙伴又来到了祈嗣崖下。清明时节,柳色如烟,笼罩着汶水两岸,春风里摇曳的柳条,也青青到了祈嗣崖边。董家王封村到祈嗣崖下非常近,董庆和一行蹦蹦跳跳来到崖下,正是日上三竿。许多善男信女早已到了遇仙观下烧香磕头。各种买卖小吃,小贩的吆喝声,崖下的拜奉的烟火,让董庆和与伙伴们高兴的像水里欢快的鱼儿,在人群里游来游去。少年心性,本不知疲累,可董庆和并不像其他小伙伴们那样贪玩。在游玩了一会儿,他便在崖下一个稍微安静的地方,从怀里掏出一卷《大学》在读。甫读了几行,便看见两个中年儒衫装扮的人,正在饶有兴趣地看着自己。董庆和有些羞涩,合上书卷,便欲起身。两个中年人微笑地走过来,其中一个问他:“小世兄,如此喜欢读书?”董庆和羞涩的点头,另一个中年人扶着他的肩膀说:“小世兄,我叫张德经,这位是马兄叫马世醇,我们最喜欢好学的少年了。”马世醇从董庆和手中拿过《大学》,问董庆和说:“这书起句便作‘大学之道,在明明德,在亲民,在止于至善’你可知这三者之为学次第吗?”董庆和只是在附近私塾中跟着先生读书,乡村野儒,只让他死记硬背,何从教过他“为学次第”?张德经又说:“此三者以德为上,亲民乃是事功者言之,亲民,亦是新民,亲民已属不易,新民更谈何容易?”马世醇又接着说:“‘止于至善’,这就是圣人之心了。欲成圣人之心,便先有德,有德方能济世安民。济世也并非说是济此世界,济一人亦可称济世,行一善亦可称济世,济世有多种途径,为善可济世,为官可济世,为医亦可济世,总之,为善不俗,仰不愧天,俯不怍地,即是有德了。我们儒者,德为第一,守住这个德字,其他如何,则不重要了。"

董庆和听了他们的话,心里一下子顿觉无限明亮起来。以前的许多,他不是没有想过,可先生不讲,他自然难以询问,更生怕自己的有些疑惑侮辱亵渎了圣贤之书一般。可这位陌生的中年儒士却明明白白地给他讲了为学次第,他的心里顿时充满了无限感激之情。几句《大学》中的寥寥数语,却像给了他广阔的视野。再一抬头,见那两位中年儒士,已施施远行了。

回到家,他对父亲说了遇见的两人名字,也说了两个人对他说的话语。董庆和父亲董好友非常吃惊。因为张德经与马世醇,是当时安丘城里两大望族南门里张氏和东关马氏的人。安丘共有"张马曹刘"四大家族,张氏家族和马氏家族各有自己的文化特点。董好友向董庆和说了一下张氏和马氏的情况。董庆和这才知道,今天遇见的这两个人,原来是知名的文人,更是真正的儒士。

董好友告诉董庆和,张氏家族是著名的文化世家,世居安丘县城南门里。张氏家族中,文学家、艺术家代出不穷,尤其在书法、绘画、篆刻等艺术领域独领风骚,闻名齐鲁。其中的张贞是清初著名的文学家、史学家、书画家。他精于书画,善于篆刻。康熙时被举为"博学鸿儒",他坚辞不就。他与著名理学家刘源渌论讲身心性命之学,听者云集。他的三个儿子张在辛、张在乙、张在戊俱精于诗书画印,时人称其三子为"三亚树"。张在辛,清初著名诗人、书画家。他遍游燕赵吴越,与当世文化名人皆有交谊。蒲松龄《聊斋志异》中的《张贡士》一篇写的就是张在辛。他书工篆隶,古朴苍劲;画工山水花卉,清丽秀逸;精

于刻印,闻名齐鲁。张扶舆是张在辛之子,著名诗人,书法家。今天董庆和遇见的张德经,便是张扶舆之孙。

安丘马氏也是人文荟萃,代有显人,世居安丘城东马家楼。马氏家族尤以历史、诗文闻名于山左。马文炜,明代嘉靖进士,官至江西巡抚。他学问精深,在其子马应龙的协助下,编纂了安丘历史上第一部县志,为后人留存了异常珍贵的文献资料。马应龙,明代北方著名学者,他学问渊博,富于著述,除了精通经学和历史学外,还精于诗文。今天董庆和遇见的马世醇,也是著名诗人,与其兄马世珍同列于"安丘七子",他们文有同宗,诗有同格,名震山东。

董庆和听完父亲的介绍后,心里久久不能平静。两个学名赫赫的人给自己讲得每一句话和每一字,都深深的印在了自己脑海中。就是这样,一颗好学向善的心,一种积极向上的精神,便在董庆和十三岁的这个春天,悄悄的埋下了。更为他后来搭救旗人,从而得授接骨秘方,并四处善心为医的行善之举,有了最好的注脚。(此事请见本书第五章《岐黄之缘》)

汶水河畔扬锋芒

安丘的母亲河,古称汶水,系潍河主要支流,源出临朐县沂山东麓百丈崖瀑布之桑泉,因桑泉水俗称汶水故名汶河。全长约110公里,经临朐、昌乐两县流入安丘市境,主要流域在安丘境内,从大盛镇西山北头村北入市境,从西南向东北流经大盛、凌河、兴安街办、新安街办、大汶河开发区等镇街区,至坊子区黄旗堡镇东北注入潍河。汶水悠悠,从沂山桑泉的涓涓溪流到安丘境内的汩汩滔滔,它承载着安丘悠久的历史,孕育了安丘厚重的文化,也记录了数百年来的沧桑过往。

道光十一年(1831),董庆和已经二十八岁了。二十八岁的董庆和刚刚习得接骨医术(下注:董庆和学医之事,见于本书第五章《岐黄之缘》),正是踌躇满志的时候。他精妙的医术,善德的品行,兼之儒雅的气息,渐渐的使他医术之名慢慢在村子周围为人熟知起来。

正是九月,又一年的秋光临至董家王封村。接近黄昏之时,董庆和从县城内行医回来,循着汶河,走在县城通往王封的路上。汶河水正深蓝碧汪一片,缓缓的在村西向北流去。经过了时光的洗礼,董庆和已不复是当年祈嗣崖下那个乡村少年了,二十八岁的他,已俨然是儒雅的医者了。

当董庆和刚走过逯家村北,行至周家沙埠村东汶河畔时,便远远看见一群农人在围着议论着什么。中间还夹杂着少许的哀号之声。远远的田野沃畴之上,几只耕牛在低头啃草,耕牛的一侧,一辆残破的牛车斜斜的倒在一旁,旁边散落了一地豆埂。董庆和快步走过去,他还未走近,有人看见他,便欣喜的喊:"这下好了,董医生来了!"董庆和分开围观的众人,只见人群中间半躺着一位四十多岁的中年汉子,紧闭着双眼,黑瘦的脸上正冒着豆大的汗珠,不时轻轻地哼叫着。旁边的人也都束手无策。董庆和一看便知, 此人正在承受着巨大的痛苦。他一问才知,原来这人是附近村子的周姓汉子,是个哑巴。虽然他不能说话,可他力气大,肯吃苦,并以急性子著称。今天正赶着牛车为本地一家地主干活,他在用牛车运载秋稼之际,在黄牛爬坡的时候,他嫌牛不出力拉车,便用细腊杆用力抽了几下,没承想,一向老实的黄牛竟然狂性大发,横冲直撞,将他从车上甩了下来,别人看见,车辕正好将他的腿骨折断。众人本想将他送往董庆和处, 可无论谁一动他,这汉子都会疼的大叫,正没办法处,董庆和恰好过来了。

董庆和闻言,便蹲下身来,将周姓汉子从肩膀到腿部先微微捏弄了一下,轻轻将周姓汉子的腿抬起,先找到他左腿的骨折处,他稍一捏弄,便知道周姓汉子的骨折状况。他持骨折两断端,回旋端提,使之复位,待复位成功后,董庆和又在骨折断端添加压垫等,再加固定。他娴熟的接骨手法让围观众人啧啧称叹。等董庆和将周姓汉子的腿骨处理好之后,并没有起身站起,马上又将周姓汉子的两肩骨扶定,只见董庆和拨伸牵引、旋转屈伸一系列骨头复位,众人只听微微的"喀嚓"一声,周姓汉子的两臂一震,脸上的痛苦之色已一扫而光,嘴里呜呜哑哑的,并用手向董庆和比划着,脸上满是感激之情。董庆和笑着拍拍他的手,起身向众人说道:"这位仁兄身上,其实一共骨折一处,两臂膀皆卸。腿骨折断,我已经接好了,假以时日,就能愈合长好。两臂关节,现在已经没事了。他耳不能闻,口不能言,身上的疼痛只有他自己知道,你们乱搬动他的身子,他自然痛的无法忍受。幸亏我路过这儿, 不然, 这位老兄不知要受多少苦楚才能让你们折腾到我那儿去。"众人闻听,一边惊讶于董庆和的医术,一边又为董庆和的幽默话语惹得笑了起来。

县衙凭医解纷争

清代的安丘城,如同一个小小的鸟巢偎依在汶水岸。嘉庆、道光间的安丘城,现在自然无法一一实证,不过可以根据近七十年前的安丘城区布局推测。安丘著名民俗学家朱瑞祥曾在其著作《安丘老城》中这样记载:

"安丘的城墙分内城和外城,内城完整,外城早已残破,一九四九年之前只剩下不高的墙渣子,我的记忆里除几座外城城门之外,其它没有太多印象。内城是土质城墙,近于正方形,唯东北角缺了一溜儿东西方向的长条,平面形状很像一个去掉了纱帽翅的古代官帽,所以安丘城便有了一个很形象的名字"幞头城"。城墙很高,估计十米有余,顶宽三米,墙基厚约八九米,外陡内坡,两面长了许多野生的酸枣、小榆树、荒草和黄蒿。墙顶前有城垛,后有矮墙,隔不远就有一间带顶盖的小房间,可能是给巡哨的士兵驻扎或休息用的。内城城墙四边有砖砌城门,城门上有城楼。城墙四角是砖砌拐角,拐角上原有一间单层翘檐角楼,内战前夕已经朽败。城墙砖特大,颜色青灰,貌似略小于八达岭长城墙砖,石灰和泥(俗称"叉灰")垒砌,十分坚固,这个内城墙围成的圈圈就是城里。"

因董家王封村及周围村庄离安丘县城近利,诸村村民来往县城较为平常,经商之人亦为多有,董庆和行医的名声也就随着近村村民的口碑相传渐渐响了起来。董庆和因为高超的医术和仁厚的品德,在安丘城内留下许多医风轶事。今天,在董家王封村附近还流传着董庆和在县衙凭借医术解纷争的故事。

道光二十二年(1842),新任安丘知县齐栋甫下车临政,便开始建设节烈合坊,当时颁布,贫苦节烈无力请旌者,合建一坊于节孝祠。建设完节烈合坊后,齐知县便又在道光二十三年(1843)开始重修关帝庙。

道光时期安丘县城关帝庙，现在当然无法重现，我们先根据《安丘老城》来大体领略一下关帝庙的风貌。

"关帝庙在东小关路北、现在的健康路与二马路交叉路口以西，敬奉的是关羽关老爷以及他的随从关平周仓，这一座关帝庙规模最大。关帝庙的神像是青铜铸造的，关羽通体敷金，按剑端坐，不怒而威，浩气凛然。关平、周仓分立两边，整个大殿，金碧辉煌。但是关羽和关平、周仓的身材大小不成比例，关羽威猛高大，关平周仓虽然也是威风凛凛，但是身高不及关羽一半。"

关帝庙香火一向鼎盛，现在重修，百姓当然欢迎。也就是在重修关帝庙的过程中，发生一起两个县民打斗事件，也就是这场民斗事件，使董庆和的医名一下子在整个安丘城里传扬开来。

这一天上午，董庆和照例在天德堂坐诊，正在为病人问诊的时候，只见一个县衙的衙役匆匆赶过来，说齐知县有请，请他到县衙去一趟。董庆和心里一惊，担心自己惹上了什么官司，忙问那衙役何事。那衙役微微一笑，说："董先生莫要害怕，这次是知县大老爷请你去的，欲借先生妙手为我们查验解决一处纷争。我们一边走一边说。"董庆和这才放下心来，随衙役向县衙门赶。

路上，衙役向董庆和转述了事件的本末。原来齐知县对重修关帝庙一事，非常重视，特意聘请了两个匠师来领头干活。这两个匠师一个姓于，是南方人；一个姓张，是本地人。当时齐知县本想是两个人出谋划策总会比一个强，可孰不知，就是这两个匠师之间，却因重修关帝庙诸种看法不一而产生了很大的矛盾。矛盾越积越深，最终大打出手，两人互相争斗，现在都躺在县大堂，一个说让对方打断了腿，一个说自己被打折了胳膊，别人一动，二人便疼得喊叫连天，两人僵持了许久也没法定论。齐知县也没办法，正急得团团乱转，这时堂下有人说何不请天德堂的董医生过来看看，齐知县这才请衙役来到天德堂请董庆和。董庆和一听此事，便放下了心，和衙役匆匆来到县衙。

道光时县衙设置，和后来的基本没有什么改变。《安丘老城》中这样记载古时的县大堂：

"县大堂座北朝南，没有院墙，门前临街是两面八字墙，正合乎"八字衙门朝南开"的俗语。墙内各镶嵌两面石碑。八字墙的收口处与第一层大门前墙的东西两端连接。在八字的收口处稍外部位，矗立着一堵高大厚实的影壁墙，墙厚约一米，遮挡了墙后三丈开外县衙的第一层大门，行人进出需走影壁墙东西两端。影壁墙前聚集了许多食品小贩，无非是饽饽、火烧、包子、烧肉等等，熙熙攘攘很热闹。第一层大门是豪华的青砖青瓦结构的单层建筑，三尺平台，青石石基，人字屋面，顶脊安门，前后左右四根红漆立柱的中间是正门，两扇木门常开，门下是木制的"门提子"，所谓"门提子"，是一件正门门框下端的附加物，木制，高约四十公分，依靠门框下端的滑槽，可以装上或取下，白天大门洞开之时，门提子算是大门的一个小小的障碍物，行人可以跨越，但车马、官轿却无法顺畅进入，正好与"武官下马、文官落轿"的规矩相吻合。晚上关门，两扇大门压在"门提子"正上方，"门提子"不能取下，实际上成了大门的一部分。大门东西两侧连带两间"耳屋"，衙役值班之用，类似于现代的传达室，但两间耳屋没有山墙，所以整个三间大门是通透的，衙役要偷懒、作弊、受贿，不大容易隐藏。第一层大门后面（北面）的第二层门，是简易的木结构建筑，规模比第一层门

小一些,开有三个门口,中间的门口略宽,官员、平民走中门,"戏子"、吹鼓手等"下九流"的人役只能走边门。这第二道门,并非房屋的结构形式,而仅仅是一道木结构的单壁框架,青石基座,红漆立柱,木雕的横梁栅格,顶部是人字形的顶盖,制作相当精细。进二门十余丈,就是雄伟堂皇的五间大堂。"

董庆和来到县大堂时,先拜见了齐知县。大堂上,两个匠师正一边一个,躺着不住的哼哼,大堂之前,观者如堵,正七嘴八舌议论纷纷。齐知县沉声问董庆和:"闻听董大夫善于骨科,今请先生来,望能为本县解忧。"董庆和忙下跪磕头,连称不敢。董庆和先来到张匠师身边,见他眉头紧锁,口中呻吟不已,他便用手轻抚张匠师的腿骨;再到于匠师的身边,将于匠师的肩膀推了几下。他微笑站起,又慢慢走到张匠师身旁,趁其不备,猛踢张匠师的腿一下,张匠师先惊讶了一下,随即大声痛苦的吆喝了起来。董庆和向齐知县施礼后说:"老爷,此二人皆未骨折,亦皆未有骨伤,不用任何处理。"众人闻听,皆哗然而笑。再看这两位匠师,也满脸通红,一直的呻吟声,自然也就停了下来。董庆和躬身向齐知县道:"此二人全身,并无骨伤,刚才我猛踢张匠师一脚,是欲让老爷看清。如果其真有骨伤,此一脚必能巨痛,而张匠师却迟疑了一霎,才叫喊疼痛,可见其假装之势。"齐知县闻听,向二位匠师怒目而视,张、于二位匠师忙爬跪到堂前,原来都认为对方真被自己打折了骨头,索性自己也假装,以避罪责。

董庆和此举,轻易解决了县衙的纷争,他的医名,更进一步的在安丘传扬开来。

第四章　初创天德堂

——董庆和岐黄之缘

话说清嘉庆年间，在今山东省安丘市大汶河畔，有一个叫做董家王封的大村，此村庄依山傍水，民风淳朴。

明末董氏家族迁居于此，经世代繁衍，分枝散叶，终成郁郁之态而得名。就在这样一个颇有历史渊源的村子和族姓之中，董庆和一家因秉承"忠厚传家远，诗书继世长"的祖训，世代耕读，为人忠勉，到嘉庆年间已发展成当地一望族，宗地百余顷，常年雇工几十人，深宅大院，左右通衢，门口一棵大杨树，庇荫百年而挺拔傲立。

谁承想，正是这董庆和，日后居然因为正骨绝技而名扬四方，无人不晓。

话说这董庆和，原名董庭玉，后改名庆和。董庆和的祖辈，皆崇文尚儒，董庆和兄弟四个，他排行老二。四兄弟之中，尤为他生得眉清目朗，书生意气。言谈举止之间，也是一派宅心仁厚。他自幼便跟随村里的私塾先生熟读经书，少时便有儒者之风。在他 13 岁那年，更是得到了当时安丘知名学者张德经与马世醇的点化，为他以后的人生传奇，埋下了一颗种子。

转眼到了道光十年，也就是公元 1830 年。这一年，董庆和已经 27 岁。虽僻居乡间，但毕竟出自高门大户，自有其雅者之态。称得上是风流倜傥。

1830 年的一个冬天，安丘县城下了一场好大的雪。雪花洋洋洒洒，将董家王封这个古老的村庄，飘成了一个童话。

对于农人来说，冬季本就是农闲时节，雪后就更是无事。这一日，董庆和望着窗外飘飘扬扬的雪花，兴致忽来，独立窗前，吟诵起了明代张岱的《湖心亭看雪》。

"崇祯五年十二月，余住西湖。大雪三日，湖中人鸟声俱绝。是日更定矣，余挐一小舟，拥毳衣炉火，独往湖心亭看雪。雾凇沆砀，天与云与山与水，上下一白。湖上影子，惟长堤一痕、湖心亭一点，与余舟一芥、舟中人两三粒而已。

到亭上，有两人铺毡对坐，一童子烧酒炉正沸。见余，大喜曰："湖中焉得更有此人！"拉余同饮。余强饮三大白而别。问其姓氏，是金陵人，客此。及下船，舟子喃喃曰："莫说相公痴，更有痴似相公者！"

诵闭，仍觉这雪中之情景孤绝清俏，妙不可言。便乘兴加了衣衫，要到村外散步。乡间辟野，虽无湖心亭之雅致，却也有乡野之别情。他信步踱到了村口，半是赏雪，半是看看村外田野里小麦的长势。

有农谚道："今冬麦盖三层被，来年枕着馒头睡。"眼看着今年冬天的雪，一场连着一场，董庆和的心里，不由得充盈着淡淡的喜悦。他想，明年，肯定又是个好收成。

董庆和娶妻王氏，本是良家女子，自是温良贤惠，平日里侍奉姑婆，缝补浣洗。夫妻二人育有一子，取名玉善，其年尚幼，每日里承欢膝下，也是其乐融融。

且说这董庆和踏雪而行，沿着村西的一大片麦地。沿着麦地前行，前面就是一条小河。自小河往东，仍是大片肥田沃野。虽是肃杀的冬日,土地尽被白雪覆盖,但厚厚的雪花之下,似乎仍能看得出其中蓄积的勃勃生机和来年的浓浓春意。

董庆和当时踩着的这条村西小路,其实并不宽阔。右面的土地,在夏天的时候,会遍植大片的棉花。炎炎夏日里,绿油油茂密的叶子覆盖住肥沃的土地,它们伸枝、分叉、开花、结果。红色或者白色的花里,会结出绿油油的果子,然后,再开出云朵一样的白白的棉花。

小路的左侧,是一片树林。里面栽种了大树小树,乔木灌木,还有高矮不一的杂草。好像也不是谁刻意地有规划地种在里面的,好像村里天生就该有个树林,树林里天生就有高高低低的树,五彩缤纷的花。大树们枝繁叶茂,矮草们弯曲着毛茸茸的穗缨。村里的孩童们,经常结伴去往树林里拔草或各种野菜。这些草和菜,用来喂牛,喂羊,喂鸡鸭,大自然是最慷慨无私的宝库,它孕育滋养着万物生灵。

从树林往西,则是一条大河,每年春夏秋三季,河水从来都是汩汩滔滔。村里的男人们在繁重的劳动过后,经常会到这条河里洗澡冲凉。他们会瞅准午后没人的空隙,将自己赤条条脱个精光,然后一个猛子,扎进河水里去。等再钻出来的时候,头发都一绺一绺贴在前额上,发梢儿带了水珠。他们用湿漉漉的手摸一把湿漉漉的脸,便甩落了一身的暑气。有时候,他们也会带家中的男孩子过来,董庆和也曾带着儿子董玉善来过几次。儿子玉善也是自幼喜读诗书,言谈举止之间,颇有其父之风。董庆和也在儿子的身上寄予厚望。

自古以来,人类就喜傍水而居。凡是人类的发祥地,必有大江大河。董家王封村的这条大河,也滋养了这里世代的村民。

沿着此河再往东,便是一个高坡。高坡过去,董庆和却并不知道是何去处。村里很少有人会翻过大河,去往别处。村人世世代代多是守着村庄过活,不曾想过村外的世界。

此时的大河,已然冰封。河边的草木也多已枯黄。山高月小,水落石出,大雪飘落的冬日黄昏,却也别有一番情致。

看看天色将晚,大雪却依然没有停的意思。洋洋洒洒中,董庆和转身准备离去。夜幕降临,远处的村庄已显出零星的灯火。家中的妻儿想必已经在等他吃晚饭。

他刚一转身,要挪动脚步。却忽听得一个声音,好似一声低低的呻吟。那呻吟似有似无,似从天际飘来,又似乎近在脚下。

他有些心惊。但还是稍作镇静,屏气凝神,仔细聆听。他终于辨出,这呻吟之声应是从离岸边不远的树林里传来。

董庆和顾不得心惊,他踩着雪地疾走,踏上岸边的高坡,走进树林。在缓缓降临的隐约的夜幕中,但见树林里一株高大的白杨树下,有一团黑色人影,蜷卧在枯草丛中。董庆和稍一打量,便觉此人穿着打扮不似汉人。他身子倾侧,匍匐在地,一条腿似乎受伤,自己随意包扎的伤口有血迹隐隐渗出。他面色枯黄,看来是忍受着剧痛。他的呻吟之声除了因为疼痛,大概还幻想着能在这迷茫的雪地里能有人迹出现,他就有得救的希望。否则,即便不会因为伤痛而亡,也会在这茫茫雪夜中饥寒而死。也是机缘巧合,让他居然碰到了本就宅心仁厚的董庆和。这董庆和循着声音上前,这有着异域打扮的伤者本来还有点意识,但一见有人前来,却是一头栽倒在地,昏了过去。

董庆和见状,来不及多虑,便将此人背起,疾步走回村庄。

董庆和的妻子王氏,此时已经做好晚饭。火炕也烧得暖和和的。

一张紫漆的方桌,摆在暖炕上。

王氏自从嫁到董家,便每日里缝洗浣补,烧菜做饭,贤惠得很。丈夫性情温良,儿子活泼懂事,女人的心里,已是十分满足。

晚饭已经备好,她坐在炕沿上,眼睛透过木格的窗棂,透过窗棂上糊着的白色窗户纸,望向院子里的一直没有停下的大雪。丈夫出门时踩出的脚印,已经被不断落下的雪花覆满。院子里有棵杏树,春日里会开满淡淡的白花。冬日里,它只是静默地立在院中,守着这温馨的一家人,期待着来年的春风。如今,它也在纷纷扬扬的大雪里,披了一身的白,宛如春风早吹,杏花满树。

王氏呆呆地望了一会儿,转身对儿子玉善说:"善儿,你爹怎么还不回来? 天都快黑尽了呢……"

玉善正摆弄着手中的一副木制弹弓,那是爹爹刚刚给他做的。他准备用他打冬日里来院子里雪地上觅食的鸟儿。仍是懵懂顽童,他似乎根本就没有听到母亲的问话。

王氏心中不安,刚要站起身来出去察看,却听得院门"吱呀"一声,是略带沉闷的响。应声而进的,却是一团笨重的黑影。

王氏见状,内心一慌。她赶紧迎出门去。

刚推开堂屋的门,王氏便看见自己的丈夫董庆和,背了一个人,闪将进来。堂屋内顿时闪过一阵冷风。

王氏大惊道:"这是谁啊? 怎么了?"

董庆和来不及答话,只是迅速地穿过堂屋,进到里屋的炕头。他一面将背上的人放下,一面急火火地问:"烧炕了没有?"

王氏依旧一脸惊骇,却也赶紧答道:"烧了烧了。暖着呢。"

董庆和又道："快,拿床被子过来!"

王氏不敢声张,只是顺从地拎过一个圆滚滚的长枕头,又展开炕头窗根下的一床粗布团花大棉被,一一递给丈夫董庆和。

董庆和将枕头放在这陌生伤者的头下,又将被子轻轻盖在他的身上。这才扑扑身上的雪花。经过这一番折腾,肩头的雪花,已快化没了。

王氏这才惊恐地问道："这是怎么回事? 他是谁啊?"

董庆和一边用毛巾擦着身上的湿处,一边道："我也不知道是谁,好像受了伤,昏倒在村东河边的树林里了。"

王氏又道："都不知道是谁你怎么就把他背到家里来了? 现在世道并不太平,外面山里经常闹土匪,他这万一要是坏人咋办? 我们不是要受到牵连?"

董庆和说："若见死不救,我们才是坏人呢! 再说,看他这穿衣打扮,可不像是山上的土匪。"

自打丈夫和这陌生的来客进门,王氏别的没瞧见,先就瞧见了这伤者身上的大红的斗篷。若是土匪,断不会有这等贵族打扮。她于是觉得丈夫言之有理,便不再答话。只是赶紧给丈夫递上一碗热水,让他先喝了暖暖身子,一边又站起身来,去给灶下添了一把棉柴,好把大炕烧得再暖一些。

热乎乎的暖炕,满屋子的饭香,让炕上的伤者很快地清醒过来。他一睁眼,便看见了桌子上一灯如豆。还有三张充满紧张却温暖的脸庞。

见这陌生的伤者睁开了眼睛,董庆和夫妻的脸上,不约而同地露出了欣慰的笑容。他们这才借着微弱的油灯，看清此人的面容。

许是因为受伤的缘故，此人面容有些发黄。但眉宇之间，仍有一股英气。只见他，鼻梁高挺，嘴唇宽厚。两道剑眉斜斜飞入鬓角下散落的几缕乌发之中。灯光下望过去的面部侧影，有着俊朗的轮廓。他的眉头紧蹙，表情里有掩不住的浓重的忧伤。

再看他的一头乌发，用一根绸带束了。虽鬓角有散落的几缕，却更在其风流倜傥里，增添了几份忧郁的气质。

屋子里暖意氤氲，这陌生的伤者脸上渐渐有了血色，他挣扎着坐起来，抖落了身上的被子。身上披着的大红斗篷露了出来。斗篷虽沾染了污泥，但仍可看出其丝绸的质地。大红的丝绸周围，还滚了一道细细的金边。

房间里的热度高起来，陌生人为自己解下了斗篷。露出了里面的长袍马褂，质地全是雪白的绸缎。他的腰间，束了一条白绫的长穗丝绦，上系一块羊脂白玉，外罩软烟罗轻纱。脚上的一双黑色软靴已被董庆和脱下放在窗前，只剩了一双白布长袜。

只见他，眉长入鬓，肤色如玉。双眼细长，乌木般黑色的瞳孔，流转之间似有淡淡的幽怨。

见此情状，董庆和不由暗暗称奇。他从小读过不少书，依此人的面相和衣着，董庆和推测，他十有八九，应是个旗人。

见此人挣扎着要坐起来，董庆和慌忙上前，一边搀扶一边道："先生快躺着吧，您好像伤得不轻啊！"

但见此人，依旧挣扎着坐起，两手抱拳，对董庆和夫妻作揖致谢。他一用力，腿上的伤立刻让其眉头紧皱。他这才低头察看自己的伤

势，董氏夫妻也赶紧跟着上前细看。

受伤的是左腿。膝盖之下，鲜血已经洇透了裤腿。白色的长筒布袜也已经成了紫黑色。

"先生，您伤得不轻啊！我去叫大夫！"

董庆和嘴上这么说着，一边却又犯了难为。这么晚了，却哪里找大夫呢？村里的大夫也就能看个头疼脑热，但看此人的伤势，必然不轻。再者说了，此人来路不明，这几年一直兵荒马乱，万一前来看伤的大夫跑去报官，说自己私藏重犯，岂不是既伤了自己，又伤了这位先生。这与自己想要救人的初衷，实在相去甚远。

正思忖间，却听得此人道："不用请大夫，我自己能治。烦请您给我找几块木板来吧。"

董庆和虽心中不解，却也只能遵命。他和妻子王氏赶紧从棚屋里拿来几块木板。

董庆和刚将木板递上前去，便听此人又道："烦请您再给我找几缕布条来吧。"

董庆和见此情状，不由倒吸一口凉气。他想："难不成此人要自己接骨?!"

他不敢怠慢，赶紧让妻子王氏打开柜子，找了几缕裁衣时剩下的布头，然后手撕成布条。

当此时，董庆和的儿子董玉善也早已放下手中的弹弓，也忘了早就饥肠辘辘，只是凑到伤者的跟前，眼珠也不转地盯住这陌生的伤者，看他究竟要有何举动。

木板和布条已经摆在此人面前。只见他强忍疼痛坐了起来，将身子靠在了炕头一方的墙壁上。

他说："我的左小腿肯定骨折了。"

董庆和道："先生，这可如何是好？"

此人强忍了剧痛，微微地笑了一下，说："没事，我自己能接。"

董庆和与妻子都惊讶道："你自己接?！"

此人又道："没事，我可以的。你们稍微帮我一下就行。"

董庆和赶紧道："好的好的，我们一定会帮你的。"

但见此人将鲜血渗透的左腿放平，自己两手轻抚小腿，慢慢地由上而下地按了按，大概在找骨折的部位。待心中有数之后，便两手抱住小腿的骨折部位，先是轻轻一拉，又是轻轻一扯。一拉一扯之间，此人又紧紧地皱了皱眉头，看上去无比痛苦，这大概是在给骨头复位。那飞快的动作，也只是一瞬间。但就是这一瞬间，却让他的额头上有汗珠掉下来。但感觉复位成功，瞬间的剧痛也过了，他擦了擦额头的汗，嘴角轻抿，微微地笑了。

他说："好了，现在帮我把四块木板夹在小腿上。"

董庆和在此人的教导之下，有些笨手笨脚却也算是非常成功地将四块木板固定在了伤者的小腿之上。因为极度的紧张，他在寒冷的冬日里，顷刻间，便大汗淋漓。

刚要放松一下，此人又道："再烦请先生帮我把布条拿过来，我自己包扎固定即可。"

董庆和自然不敢怠慢。毕竟这是伤筋动骨的大事，稍有不慎，可能后患无穷。虽然见此人的接骨动作娴熟，但在如此简陋的条件之下，董庆和还是不免为他捏了一把汗。为了能接骨成功，他一边尽心地帮着此人一起固定夹板，一边让妻子王氏递上布条。

只见此人接过布条，动作异常娴熟地一圈圈为木板做着固定。待缠完最后一圈，董庆和与伤者的额头上都渗出了密密的汗珠。董庆和是因为紧张，而伤者，则是因为强忍的痛疼。

终于固定好了。董庆和不由为伤者的耐力和娴熟的包扎固定技术而默默感叹。

他擦了擦额头的汗珠，又为伤者递上一块毛巾。满心敬佩地说："先生，您钳子可真硬！"

他的这句乡间俚语让伤者一愣，他肯定不懂其中的意思。但也明白是在夸自己。便笑了笑道："谢谢先生和夫人了！要是我自己一个人，恐也完不成这固定和包扎。"

董庆和看了看此人已经固定包扎好的小腿，带了小心，试探地问道："敢问先生名讳？所从何来？因何受伤？"

一连串的问题，让此人有些茫然无措，不知该从何说起。他先是勉强挤出了一丝微弱的笑容，却是转瞬即逝，然后，便深深地叹了一口气，是一副欲言又止的无可奈何。但面对救命恩人，如果守口如瓶，一味缄默，又似有不妥。

董庆和一向宅心仁厚，见状赶紧道："先生若有难言之隐，也不必讲。只管在此放心住下，待伤好之后，再作他计。"

此人道："先生如此善解人意，实乃在下之幸运！只是如此大恩，不知当何以为报。真是惭愧啊！"

董庆和道："先生且莫自谦。在下姓董，您叫我小董便好！"

此人再次抱拳，道："再次谢过董先生！我此番遭遇不测，个中缘由，容我日后详表。只是在下姓名，尚不便明言，还请先生谅解。如若先生有所不便，我即刻便可离开。"说着便挣扎作起身之状。

董庆和赶紧上前相拦，道："先生多虑了！我乃乡野小民，却也略识诗书，知道些是非曲直和做人的道理。祖上也总是教导，诗书能继世，忠厚可传家。为人处世，切不可失了起码的礼数。今日先生落难，无论何种缘由，救死扶伤必当是眼前要务。您尽管放心，只管在此安心住着，待腿伤愈合，再从长计议！"

来人闻听此言，不觉热泪横流。又道："我今日昏倒树林，模糊的意识中，但见一条大河，虽冬日结冰，不见淙淙流水，却也知道，这定是一个人杰地灵之地。果然！"

董庆和听得此人谈吐，必非一般的乡野俗人。除了他的衣着打扮与常人有异，眉宇之间，也有一股非常的风流态度。他想起祖父董老先生曾教给他的话："都说人不可貌相，海水不可斗量，其实不然。海水斗量确有难度，但人却是可以貌相的。如果你"相"错了，那只能说你不会"相"。记住，人的智慧和秉性，与人的相貌，是成正比的。尤其是中年以后的相貌，可以说完全是由自己决定的。古人有语云：'有心不相，相逐心生；有相无心，相随心灭。'当是真理也。"

儿时的董庆和就常听得祖父说这句话。而自小便眉清目秀不似粗鄙之人的他，亦深得祖父喜爱。祖父亦有言道："董家改换门庭，当自庆和吾孙始。"

幼年的董庆和，听惯了祖父的这句话，却也只是似懂非懂。可冥冥之中，他似乎也有某种预感。此时此刻，他面对眼前的伤者，却直觉得他们的相逢，真好似前生的注定。他董庆和的人生，也会因这突如其来的不速之客,而有所改变。

但所有这些,都是董庆和脑海的一闪而过。他还来不及细下心来去想太多,当务之急,应是先生的腿伤。他得好生照应着他的治疗,还有他的一日三餐,这样才能恢复得更快更好。

当天晚上,此陌生的伤者和董庆和一家,一起吃了晚饭。窗外大雪纷飞,屋内紫色的漆桌上,一灯如豆。这情形瞬间让其觉得无比温馨。他望着窗外黑漆漆的夜,用了幽幽的语气,随口吟道:"昼闻莺啼,夜听沙漏。案上一灯渺如豆。两盏三杯皆淡酒,却把晨昏都醉透。"

董庆和幼年时读过私塾,能背得不少唐诗宋词。听了方才伤者的吟诵,虽说不出个然和所以然,却也直觉得此诗格调非凡,自有一股清淡高雅的味道。再看这先生的神情,从容和善的表情里,却隐隐透着一股幽怨之气。他分明是心事重重,有着难言之隐。董庆和却也不再多问,他只是叮嘱先生早早歇息。

一夜无话。第二天,董庆和早早便醒来了。去西屋一看,那先生也早就起床,他依旧靠了墙根坐着。见董庆和进来,又再次地作揖拜谢。董庆和正着急上前察看伤情,但不等他靠前,却看这先生,早就从腰间拿出一包药粉,向董庆和道:"董先生,拜托您把这包药粉用大锅熬制了。这药对我的腿伤,有奇效。"

董庆和连连应着,接了过来。他正愁这先生的腿伤没有可以外敷或者内用的药呢!纸包不是很大,他用手掂量着,也没有太重的分量。打开看时,那里面的药粉应该是多味药物掺和而成。有黄色的,有白色的,还有淡淡的红色的。从那性状,却也看不出是由何药材研制而成。

董庆和仍顾不得细究，只是按照先生的吩咐，和妻子王氏一起，揭开大锅，将药粉倒入，再按照一定的比例，倒入清水。然后抱了棉柴，先大火后文火地开始熬制。

那一天，雪依然没有停。屋外是雪花飘飘，屋内是药香淡淡。

董妻王氏道："这药闻起来挺香呢，也不知道是哪几味，莫非有麝香在里面呢？"

董庆和赶紧阻止道："但凡中药，都是有淡淡香味的。也别问那么多了，只管给先生熬制好了，让他早些敷用，好让他的腿伤尽早好起来才是。"

屋内炕头上的先生听了，心内更是感激。想自己至今没有说出来处和姓名，更没有提及受伤的原因，这董氏一家，却只管仗义地出手相救，这份大恩大德，怎能不铭记在心！

正思忖间，堂屋大锅里的药却是熬制得差不多了。

董庆和到得炕前，小心询道："先生，锅里的药已是渐至粘稠了，不知道火候可到？"

这先生腿伤绑了夹板，没法下床，但见他先是估摸了一下时辰，然后又轻轻抽动了几下鼻子，细细地嗅闻散发出来的药香，便知道药的火候到了几分。

他说："应该差不多了。火灭之后，待其冷却，还烦请你们给我敷至患处。这样，能加快断骨的愈合。但再怎么快，既是伤筋动骨，就得两三个月，这段时间，真的是给董先生一家，添了大麻烦了！但还是那句话，如果您觉得有什么不便，尽管直言，我定会即刻离开。"

董庆和见状，再次上前道："先生为何又出此言？您只管安心住着,并无任何不妥!待腿伤好了,您再做打算不迟。"

先生将身子靠在叠起的被子上,长叹了一口气:"唉,您一家老小,都是如此的乐善好施,这等大恩大德,我真的无以回报啊!"

董庆和道:"我们也没帮什么忙啊,这夹板是您自己上的,药也是您自己的,方子也是您自己的方子。我们所做的,不过都是举手之劳,实在不足挂齿啊!"

先生闻听此言,更是感激万分。不由道:"原来这中原之地,也是奇人辈出啊!"

董庆和闻听此言,心内诧异:"怪不得此人容貌打扮都不似汉人,却原来是关外之人……"

先生说完此话,自知有些许失言,恐会暴露了自己的身份。见董庆和也并不多问,又稍稍心安下来。

待大锅里的药完全冷却,却是更加粘稠。先生便指点着董庆和用家中的汤匙和炒面用的炒板,一点点将那凝稠的药膏涂抹在穆先生的骨折之处。

先生道:"敢问董先生,你家中可有行医之人?"

董庆和道:"没有没有,我董家世代只识耕种。"

此先生又道:"但看你为我敷药的动作,以及昨晚帮我做夹板绑夹板的情形,你原是有行医的天分的。"

董庆和听了,不以为然地笑笑,他也只当先生是讲了个鼓励自己的笑话罢了。因他从未想过,自己这辈子会行医。那是件相当遥远、遥远得自己连想都不用想的事。

先生又道:"其实,若我尚在家中,这药是可以做成外贴的膏药的。但是出门在外，没有制作的条件，就只能先这样了，但是除却敷用的不方便，药效并无减轻。且我随身还带了可以内服的丹药，还烦请先生再给倒一杯水来。"

董先生连忙倒了开水，用粗瓷大碗端了，送到先生的跟前。

先生接了碗，自怀中掏出一个锦囊，从里面倒出两粒丸药，用开水送服了。

董庆和眼看着他服下药丸，便又将大碗接过来，放回厨房里去。待他回转房来，先生又道："董先生，我看你们一家人，也着实忠厚善良，有些事，我就不瞒你了……"

董庆和闻听此言，也慌忙道："先生若有苦衷，可以不讲，若需要董某帮忙，也一定效力。"

先生却没再犹豫，接着讲道："我是旗人，名字尚不便相告，您就叫我无名氏吧。乃是杏林世家，家中几代人，皆以行医为生。自祖辈起，便有接骨秘方。靠这秘方，世代倒也吃喝不愁，家族中人，也一直和睦相处，其乐融融。但近年来家乡战事不断，难得太平。这次，我们一家在战乱中失散，我也不知怎的，就跌跌撞撞到了此地。却又遇见了你这般的好心之人。否则，就这冰天雪地的，我当难逃一死。就算侥幸不死，这条腿，怕也保不住了……"说着，已是珠泪满眶。

董庆和听完，亦不由地连连感叹："先生原来是旗人，还是接骨世家！怪不得能够自己接骨包扎，还能熬制膏药！应当是神医无疑了！但是现在遭此不幸，先生下步如何打算呢？"

此旗人道："待我伤好之后，再做定夺。只是暂时，还要再叨扰先生几日。"语气之中，仍是不安。

董庆和道:"先生尽管放心,只管安心住着就是。若仍需熬制膏药,我愿意代劳。"

旗人连连称谢。他仰靠在被子上,不再言语。神情之中,仍有淡淡忧郁。

冬去春来,日升月落。话说这陌生旗人,不觉就在这董庆和的家中,住了有两三个月。这期间,他慢慢地试探着下床活动,但也是一瘸一拐,那腿伤分明还没好利索。

这一日,天气晴好,院里的杏树不知道何时已经发出新芽。旗人将董庆和又叫到房中,身心愉悦道:"看看日子,我这腿伤应该已经痊愈。烦请先生帮我把夹板拆掉吧。"

董庆和道:"当真已经痊愈了?骨头已经接好了?我长这么大,还从没见过这样自己接骨的呢。村里的人,要是受伤断了骨头,又没钱进城看医生,多半就只能是成了残废了。"

旗人听了此话,表情若有所思。他在董庆和的帮助下,慢慢拆掉了绑带和夹板。只见他试探着,两腿用了同样的力道,慢慢地站了起来。又轻轻地踱了几步。他真的,已经完全好了!已经完全没有了原先一瘸一拐的样子!

董庆和的儿子董玉善也在一旁高兴地拍手,董庆和心内也不由暗暗称奇。真不愧是接骨世家啊!竟然自己就能接好已经断了的骨头,而且愈合得非常之好,走起路来和常人无异,完全没有丝毫瘸拐的迹象。

虽说腿已大好,但这旗人却并无马上要离开的迹象。他说:"我的腿伤已经痊愈,但如今仍心有挂碍。我想要把祖传的秘方留与先生,因你本就有行医天赋,有了这秘方,便可悬壶济世,不仅能独善其身,更能兼济天下……"

董庆和闻听此言,不由大惊,他万万没想到这旗人竟有此想法。他诚恳道:"这可使不得,此乃先生祖传秘方,怎可轻易外传?"

此旗人道:"我并非轻易外传,我是经过慎重考虑的。所谓药,本就是济世救人的,若只是保守地占为己有,又有何意义?先生对我有救命之恩,即便滴水之恩,亦当涌泉相报,何况是救命之恩!现在我身无长物,也只有这药方了。况且,先生有此天赋,若能学得此技,日后必有所成!这不仅于先生自己有益,更是兼济天下的好事!就请先生接受了吧!"

董庆和见旗人言辞恳切,且这许多时日以来,他在此旗人的教导之下,已是做了许多与接骨有关的事务,自觉对这接骨,确有几分无师自通天生的喜好。想想村里远近的乡邻那些跌打损伤,因为无钱医治,有多少因此落得残疾。自己若能有此神术,必当尽自己所能,救死扶伤,造福乡邻。若能果真如此,也算生得更有意义,也不枉来这世上走此一遭了。

想到这些,董庆和与妻子稍作商议,便答应了下来。

自从之后,旗人便把家传的接骨技艺和接骨秘方,一一传授给了董庆和。这董庆和可能天生便有这岐黄之缘,他肯学善学,悟性也强,往往是一点就通,这让旗人非常欣喜,自觉没有看错人,想这异域秘方,也算在中原找到了有缘之人。

话说这董庆和凭着自己超强的悟性和旗人的潜心教授,很快便将接骨正骨的技术学到了手,也能够娴熟地运用药方自己熬制膏药。远

天德堂

近的乡邻若有什么跌打损伤的,都开始来找他,他都热心地帮他们看伤正骨。家里富裕的,董庆和也只是象征性地收点药材的本钱。家里不富裕的,无论敷不敷药,董庆和一律免费。那些只是前来正骨无需施药的,董庆和更是分文不收。正因为如此,董庆和的名号在村里村外叫得越来越响,方圆四里八乡,已是无人不知,无人不晓。

旗人眼看着董庆和的医术日益娴熟,他再无挂碍,便坚决辞行。当是时,董庆和家的杏树,正是花苞初绽。旗人带了包裹,在树下跟董庆和一家辞行。

临发之际,旗人取出一本医书,交与董庆和:"此书乃接骨秘笈,我走之后,您可一边行医,一边研读。"董庆和郑重接过,藏于怀中。

旗人又道:"看这杏花满枝,当是吉兆。依先生人品医品,定有腾达之日。今日一别,或许难再相见,他日若在江湖之中,听得'董家骨科'名号,便知先生安好!"说罢,挥袖离去。

董庆和一家久立树下,含泪目送。想这惜别之情,也是桃花潭水,杨柳依依。

旗人走后,这董庆和依旧和往常一样,为四邻八乡接骨看病。他用自己的医术和人品,赢得了一片好口碑。行医之余,他便潜心研读那本接骨秘笈。自是医术见长。虽然没有挂牌行医,但"董家骨科"的名号,已是闻名遐迩。

公元 1832 年,也就是清道光 12 年,董庆和在乡邻们的再三要求之下,看看也确是情势所需,便正式挂牌"天德堂",悬壶济世。自此,"董家骨科"的名号,叫得更为响亮!它以自己独特的正骨医术,在短短的几年之后,很快就享誉了周边府邑。毫不夸张地说,那时候,大半个安丘城的人,凡是跌打损伤,没有不来董家骨科找董庆和的。而董庆和也不曾想到,因为一次因缘巧合搭救的无名旗人,居然助他成为了享誉四方的名医。

在后来的日子里,董庆和常常对妻子王氏说,这是祖宗庇佑,才让自己有此幸运。其实,正是董庆和的心地纯良,乐善好施,才让他与落难的旗人有一段如此缘分,又因此学得接骨秘方,收得接骨秘笈,此乃天意,更是人意。正所谓"读书行路,种杏成林",董家骨科,自此便在安丘扎根,并且在之后的安丘城内近二百年屹立不倒,直至后来的"山东老字号"、山东省非物质文化遗产,都是后话了。

第五章 一只箩筐济穷人
——董玉善德善施医

话说这董庆和仗着这异域的正骨秘方和自己学得的一手绝佳医术,为四邻八乡的远近乡亲与急治病,"天德堂"堂号享誉四方,一时无两。

董庆和的儿子董玉善,自小便跟在父亲身边,打从父亲跟随那异域的旗人无名氏学医开始,他这懵懂孩童就已于不自知中得了不少心传。后来年龄渐长,每日里只见父亲行医抓药,耳濡目染中,他是早就无师自通了几分。父亲董庆和也深知这正骨之技也必将是他董家的传世秘笈,作为董家骨科的第一代,他的责任尤为重大。他的妻子董氏,虽在董玉善之后又曾生得两子,但具已夭折。伤痛之余,夫妇二人对董玉善尤为爱护有加。这董家骨科的将来自然也寄托在了玉善身上。

少年时代的董玉善,也常常想起当年父亲搭救旗人的过程他。那时情景,他不仅亲眼目睹,更是参与者,他跟在父亲身边,按照那无名旗人的指点,帮着父亲递夹板,熬膏药,可以说,他应和父亲一样,得了旗人的第一手真传。而父亲对于这素昧平生的旗人的搭救与帮助,更是让他刻骨铭心。他深知,当是为人之根本。他的名字里,也有一个善字,不知道是否是父亲当初的,有意为之。但他幼小的心里,却是打小,便点下了善良的种子。又或者,他本就有着,和父亲一样的,善良的基因。

后来，旗人伤愈，告辞离开。父亲在挥别旗人以后，仍不懈地苦读秘笈，研习医术，从小打小闹义务地帮助乡邻接骨正骨，到日后正式地挂牌行医，直至创立"天德堂"，董玉善眼看着父亲将董家骨科一步步发扬光大。

除却父亲的高超医术，父亲的积德行善更是深深地影响了他。那时左近四邻前来看病的，无论贫富，父亲一律平等看待。尤其对于那些家贫无钱的，父亲从来就不会另眼相看，他该看病看病，该抓药抓药，至于钱的事，从来就不会主动提起。有就给，没有，就算了。只要他们的伤病痊愈，就是给予父亲的，最大安慰。

所有的这一切，董玉善都看在了眼里，记在了心里。在其少时，也曾半是懵懂半是明白地问起父亲这个问题。父亲看了看眼前正日益长大的小儿，非常郑重其事地，给他讲了一个故事。一个关于，"杏林"的故事。

父亲说，世人多以"杏林"作为中医界的代称，医家也每每以"杏林中人"自居。那么这"杏林"又是从何而来呢？

相传，在三国时代，庐山有位名医叫董奉，他医道高明，技术精湛，据传有起死回生之术。他看病有一个特点，就是从来不收取病人的报酬，但是他对找他看病的人有一个要求：凡是重病被医好的，要在他的园子里栽种五棵杏树；轻病被医好的，则要栽种一棵。一年年过去了，经他治愈的病人数不胜数，他园子里的杏树也已聚棵成林。每到杏子成熟的季节，远远望去，一片繁枝绿叶。累累红杏挂满枝头，煞是好看。后来，董奉又告诉人们，凡是到他的杏林来买杏的人，不要付钱,只要拿一些粮谷放在仓中,就可以去林中取杏。于是,每年董奉用杏换来的粮食堆满了仓库,他又拿这些粮食,救济了无数贫民。

董奉去世后,"杏林"的故事一直流传了下来,明代名医郭东就模仿董奉,居山下,种杏千余株。苏州的郑钦谕,庭院也设杏圃,病人馈赠的东西,也多去接济贫民。明代的书画家赵孟頫病危,当时的名医严子成给他治好了,他特意画了一幅《杏林图》送给严子成。后来,人们在称赞有高尚医德、医术精湛 医生时,也往往用"杏林春暖"、"誉满杏林"、"杏林高手"等词句来形容。

父亲说完,慨叹曰:"与古人之高尚品德相比,我辈差得远矣!"

董玉善也思忖良久,又忽有欣喜之状:"原来'杏林'的发源,竟然也是出自董姓! 这冥冥之中,又是否有什么深意呢……"

尤论董玉善的发现是上天冥冥之中确有的暗示,还是他多多少少的牵强附会,但他的医术和医德,的确得了董庆和的言传心授。他明白,既为医者,不仅要有一双回春的妙手,更要有一颗回春的圣心。所谓"医者仁心"是也。

多年以后,董庆和寿终正寝。他去世时,本村以及四邻八乡闻听了消息的人,纷纷前来凭吊祭拜。即便他们没有找董庆和看过病,也都听过董庆和的名。他的医术和医德,早就传遍了四邻八方。一时浩浩荡荡的祭拜队伍,让董玉善的心里备受感动。他更加觉得医德之于医生,甚为重要。

安葬了父亲董庆和,董玉善正式承继了父亲衣钵,继续着"天德堂"的堂号。每每行医之余,有个问题一直让他苦苦思忖:多年来跟随父亲行医,他的医术日渐精进,他也一直在恪守着治病救人的医者良心。可是这么多年以来，国家并不太平，边疆战事不断，苛捐杂税也是只增不减，每每吟诵起柳宗元的《捕蛇者说》，他亦会仰天长叹曰："呜呼！孰知赋敛之毒有甚是蛇者乎！"他也亲眼目睹了他的乡邻，有好多都吃不饱，穿不暖。一旦遇到伤病，几乎就是灭顶之灾。很多乡亲为了省钱，该看两次只看一次，甚至一次也不来看。只能就那么拖着，最后小病成为大病，大病成为不治。有些甚至终生受苦，直至丢了性命。虽说父亲在世时也已经作了最大的努力，但还是会有不少的穷苦之人因为没钱而不能前来看病。该怎么才能让那些家贫无钱的病者除却付不起药费的尴尬，先把病看好了再说呢？

董玉善，一直在苦苦思索。

此时的董玉善，已经娶妻生子。其妻张氏，亦是以丈夫为天的温良女子。婚后夫妻二人育有一子，取名尚景。这尚景也是自幼年始，便跟在祖父和父亲身边，看他们为穷人接骨疗伤。后来祖父去世，他的年龄渐长，又常听得父亲母亲为左近相邻无钱医病而焦灼不安。这一日，他眼见得父亲又在为此事劳神，便忽闪着长长的睫毛，乌溜溜的眼珠一转，天真道："看病为什么非得用钱不可呢？我和小伙伴们手里也没有钱，但是照样你'买'我'卖'……"

原来，这小尚景经常和村里的小伙伴玩游戏，过家家啊，做买卖啊。每次都玩得不亦乐乎。当然，他们之间的买卖不是用钱表示，而是你用一把木制的手枪换我皮制的弹弓，或是我用一只泥做的大炮换你纸做的元宝。有时候这些交换也并不是多么的等价，但只要小伙伴们都是你情我愿，便"交易"顺畅，皆大欢喜。

一句童言无忌的话，却提醒了董玉善夫妇。再联想起当日为父庆和给他讲的名医董奉的"杏林"故事,他似有所悟道:"对啊!前来看病不一定非得用钱不可。想当初,董奉先生以杏树为酬,日久天长,竟成杏林。如今,我亦可以此效仿,让无钱的乡亲用家里的粮食或者其他的物什,来替代医药费。这和小孩子玩游戏一样,算得上是等价交换。这样,即便乡亲们没有钱,他们也不用因为为难而不好意思来看病。也就不用再望医却步了。我并不图他日我们董家骨科能够杏树成林,只要能够为众乡亲尽可能地解除病痛,就是我董尚景的最大安慰。"

可是很快,董尚景就又想到了新的问题。如果有些老乡觉得自己拿来的物件并不足以支付医资,并且因此仍然不好意思过来看病,那又该如何是好!

董玉善思忖再三,又想出一条妙计。他和妻子商量道:"我看不如这样,我们在医馆门口,悬一只箩筐,让前来看病的人,自己往里面放东西。多有多放,少有少放,没有就不放。放了什么、放了多少,我们当时并不知道,别人也不知道。如此一来,那些伤病的老乡就不会因为东西不值钱而不敢来瞧病了。至于我们,总归还有这个医馆,还有接骨的技术,无论看病的给多给少,总归是饿不着的……"

丈夫的一番话,让其妻张氏甚为感动。张氏向来贤惠,虽说嫁进董家是父母之命,媒妁之言,但她自小便常听乡人讲起董家之行医有道,和善为人。后来嫁进董家,更是深感其家族之宅心仁厚。如此有情有义的丈夫,当然值得终身托付,无论贫穷富有,她都觉今生有靠。对于丈夫此时提议,她当即点头应允,并连连称道。她想丈夫此举,必将为乡人造福。

话不多说,夫妻二人商议已定,张氏当即找出家里的一只箩筐,洗刷干净。再用蓝印花布缝制在内层，算是做了笤筐的里子，一道蓝边翻出筐沿儿，不仅把个平常的笤筐打扮出几分雅致，还能让本有细密镂空的笤筐有了密实的底子，无论前来求医者往里面放置何物，都不会有淌漏之虞。

古有悬"壶"，今有悬"筐"。壶里装的是药，筐里盛的是"仁"。董家骨科仁心济世的消息，很快就随着那只悬起来的笤筐，传了出去。他们争相传诵，以后若再来董家"天德堂"看病，不必非得现金交易，可以根据自己的家境，将能够付得起的物什，丢进门口悬挂的笤筐里去。有多多放，有少少放，没有就不放。放多放少，当场也并无人知道。

消息一出，众多乡人啧啧赞叹。赞叹"天德堂"真乃医者仁心，异域而来的正骨技术也真的是没有传错人。

这一日，"天德堂"迎来了笤筐悬出之后的第一位前来看病的人。

患者头发花白，佝偻着腰身。度其年龄，当已过古稀。他在儿子的搀扶之下，远道而来。进得医馆，方一坐定，老者便带了忐忑不安的语气道："闻听'天德堂'看病不用钱，是真的吗？"

董玉善听得此言，便知道乡亲们仍是将信将疑，多在踌躇之间。他微微一笑，道："当然是真的了！看见门口那只笤筐了吗？今日您来看病，若有钱物，就放到笤筐里去，若没有，就不放。我们先看病！其他的，您不必多想！"

听了董玉善的话，老人仍旧心怀不安。他看了看自己的儿子，又转头对董玉善说："其实我这毛病也好几年了，治不治的都中。反正我们庄稼人，只要是死不了的病，就能捱则捱。再说我这个毛病，来个一次两次的肯定看不好，时间长了，怕家里也拿不出什么值钱的东西来！"

听完老者的话，董玉善的心里很不是滋味。他的乡里乡亲，并不求什么大富大贵，只求个温饱和平安，却也是如此之难。这次他拉起了老人的手，那一瞬间，他想到了父亲董庆和。他想，如果现在坐在自己面前的，就是自己的父亲，那他又当如何？他当然不会计较什么医资或药费，只要能给他看好病就是他最大的幸福和安慰。都说医者父母心，董玉善觉得，医者也当有"儿女心"。若是把年长的患者看作自己的父母，把年幼的患者视作自己的儿女，把同龄的患者视作自己的兄弟姊妹，那对于医患双方而言，岂不是更好！想到此，董玉善的心里又一阵难过，他对老者说："大爷，您可不能这么想！虽说我们日子穷，但是身体的健康应该是最重要的。我们即便是没钱，也得先治病。今天您尽管放心，咱们先看病，钱的事我们不提！箩筐里您也不要放什么东西，咱们先把病看好再说。需要看几次您就看几次，千万别为了省钱而偷工减料。活到您这个年龄，肯定知道凡事都是贵在坚持，看病吃药也是一样，只要按照我说的疗程看病服药，就一定会好起来的。"

老者听了董玉善方才一番话，眼泪都快要哗哗地流下来。他用像松树皮一样的手擦了擦干涩的眼窝，又转回身看了看门口那只用蓝印花布包边了的箩筐，这才放心地将自己的病情告诉了董玉善。

董玉善听完老者的自述，又亲为老者察看。然后说道："你真应该早点来，早来会好得更快，您也不用遭这么多的罪了！"

老者不由又长叹一口气道："唉，庄稼人，吃饭都难得有个饱，那还舍得花钱看病啊！要不是听说了您这箩筐济世的善举，我哪敢存什么求医问药的心啊！"说罢，又似要老泪纵横状。

董玉善一边安慰着老人，一边为其正骨。之后又为其开了几贴自己亲制的膏药，并嘱咐老人回家一定先卧床休息，切记按时敷药。半个月后，一定记得前来复查，万万不可中断了诊疗和敷药，否则将前功尽弃，如果重新诊治也是恢复更难。

老人和儿子非常感动，自觉活了这么大年纪，像董玉善这样的好人，他只在村里那些世代流传的"瞎话儿"里听过。他们父子二人走出医馆之时，把从自家带来的一小布袋春谷小米，悉数投进了箩筐。

望着父亲二人相携而去的身影，董玉善的心里感慨万端。这就是他们质朴的乡亲，你若给我一口，我定还你一斗。他们也许没读过多少诗书，却都晓得"投之以木桃，报之以琼瑶"的古风。

箩筐悬挂出去几天了。董玉善仍和往常一样，给前来求医的人看病疗伤，也没在意门外那只箩筐里，到底有了多少内容。

这天晚上，董妻张氏将箩筐取下，带到丈夫董玉善面前。她一边收拾着筐里的物价，一边颇带了几分感动地说："这四邻八乡的百姓，也真是有情有义。你看，这箩筐里有米，有面，有窝头。也有铜钱。虽说数量不多，但只要不是穷得揭不开锅的，就没有空手来的……"

董玉善也感慨道："《诗经》有云：'投我以木瓜，报之以琼琚。投我以木桃，报之以琼瑶。投我以木李，报之以琼玖。匪报也，永以为好也！'虽说世道不平，但今日吾之乡亲，其情义也并不输古人！念及此，我们董家骨科唯继续以箩筐济世，倾我平生所学，治病救人矣！"

自此以后，董妻张氏每过几天便会把箩筐取下，将里面的内容清点取出。有时候，虽自觉看了不少病号，但里面并没有多少内容，铜钱

就更是少得可怜。每当看着空空如也的箩筐，张氏却从来都没有一句怨言，她又怕丈夫担忧，便总是安慰道："没事，我们饿不着，医馆也不会倒，我们怎么也能够支撑着，先给乡亲们看病的……"

本来董玉善是怕妻子担忧，毕竟妇人之见，难免短浅。但现在反而先规劝起自己来，他自然感动不已。忧心忡忡虽免不了，但忧心的并非是医馆赚不到钱，而是怕万一因为入不敷出导致医馆倒闭，那乡亲们又该去哪里看病瞧伤呢！

这天晚上，又到了关门歇业之际，董妻张氏取下箩筐，却感觉里面沉甸甸的。她赶紧进屋，放下箩筐一看，里面居然放了好几管银钱。她静心思忖，并不记得今天进医馆看病的，有哪个像是特别有钱的人家。衣衫褴褛的她倒记得好几个。

朦胧的灯光下，董玉善和妻子端详着这几管银钱，心里很是感动和安慰。

董玉善说："我们这里虽算不得什么繁华之地，但也是人杰地灵，贤者辈出。这定是哪位富贵之人，听说了我们的义举，虽然自身并无啥病痛，却仍要故意送钱来。都说雪中送炭胜过锦上添花，他可真是帮了我们董家骨科的大忙啊！"

听完丈夫董玉善的话，细心的张氏定心一想，真觉得好像白天时候看见一位相貌脱俗、衣着锦绣的人经过医馆门口。现在想想，其形象气质倒真有几分神者风范了。她说："莫非是上天派来帮助我们的吗？这是让我们一定要把董家骨科做下去，继续为百姓谋福啊！"

自此之后，董玉善夫妻二人，更是坚定了"悬筐济世"、治病救人的决心。

某年阴历六月的一天，董玉善正坐在医馆里研读医书，有位邻村的的乡亲进得医馆，想请董玉善能去家里出诊。他说自己的兄弟背部受伤，躺在床上起不来。董玉善听完二话没说，背起药箱就跟着出了医馆的大门。

村子离得并不是很近，董玉善和这自称姓孙的乡亲边走边聊了好长时间。他问本村难道没有能够看病的医生，怎么跑了这么远去董家骨科？来人支支吾吾，也答不出个所以然。董玉善还注意到，这自称姓孙的邻村乡亲，蓬头垢面，穿了一身的破烂衣衫。董玉善自知今天又碰上了穷苦之人，看他那躲躲闪闪的眼神，这医药费大概是付不起的。

尽管早有一番心理准备，但到得孙氏兄弟的家以后，眼前的情形，还是让董玉善，着实地吃了一惊。

这是一个兄弟四人组成的家庭，但是兄弟四人，四条光棍。三间土坯房，土打的墙壁上全是坑坑洼洼，似乎多少年都没有修整过。院子里也是高低不平，荒草丛生。倒像是多少年都没有人住了。四个大男人，竟把个日子过成了"墙倒屋塌"之状。

此番情形，的确出乎董玉善的预料。他也瞬间明白了他们为什么不去请本村的医生，人家肯定是知道家里的情形，不愿意来。如果来了，白白地搭上时间和功夫不说，还要倒贴上药材的钱。看这一家人，吃饭都成问题，哪还付得起看病的钱。

想到这里，董玉善却并没有转身就走，而是不动声色地，跟着孙姓兄弟进了屋子。

屋里的炕头上，躺着被砸伤的孙家老大。董玉善一边上前察看，一边跟这家的几个兄弟唠起了家常："看你们家这么兄弟，真是让你羡慕啊！"

董玉善的这句话是真心的。当年他的母亲，其实一共生育了三个儿子，但只有他活了下来，其他两个，都夭折了。他这一枝独苗也总是让父亲母亲拉扯得提心吊胆。又常听得家族里的老人说起多子才能多福、多子才能门户广大的说法。董玉善虽思想开明，没有太多村里老人一样的旧观念、老思想，但多几个兄弟姊妹，他就觉得相互之间能多个帮衬，总归好过他单枪匹马，单打独斗。

但是董玉善这句本来充满羡慕的话，却让孙氏兄弟听得低下头去。这么多身强力壮的兄弟，却把个日子过成这样。他们亦自觉羞愧难当。他们甚至在董玉善的这句本来是善意的话里听出了嘲讽之意。

但他们都沉默着。无可置辩。董玉善能进屋为他们看病，已经让他们感激不尽。他们也正是听闻了董家骨科箩筐济世的佳话才硬着头皮上门求医的。如今的这番情形，无论董玉善说什么，他们兄弟都得乖乖地听着。

董玉善看了这几个兄弟的形容态度，觉得他们也并非朽木不可雕琢之辈，便继续说了下去："常言道'懒汉争食，铁汉争气'，看你们这兄弟四个，应该都是铁汉才对！只要把力气用在庄稼地里，还愁日子过不好！"

孙家老大闻听此言，更加羞愧。他说："我这伤病，本来不打算治了。但是如果不治，以后重活累活就更干不了了。本想请同村的大夫先看看，可是人家都知道我们家的情况，都找了托辞不愿意来。好歹打听着董家王封的董家骨科宅心仁厚，这才硬着头皮、壮着胆子打算上门一试。没想到，先生不仅医术高超，医德也是一流。先生今日一番话，真是令我兄弟几个惭愧至极啊！等我的伤病好了，一定领着兄弟们好好干！"

说完，却又忽然满面愧色地低下头，嘴里嗫嚅着："只是这医药费，现在真的是拿不出啊……"

董玉善淡淡一笑，说："只要你们兄弟几个能够好好干活过日子，这医药费我一分钱都不要。"

孙氏兄弟一听，除了躺在炕上的那个，其他三个皆"扑嗵"一声跪倒在地，对着董玉善连称大恩人。躺在炕上的老大也连声道："早年即闻听您家老爷子被远近乡邻呼为'董大善人'，今日您的做派可是一点也不输董老先生啊！我们几兄弟真的是无以为报啊！"

话说自从董玉善给这孙氏四兄弟上门疗伤以后，每隔几天，便要上门诊治。因为这正骨，就是得需要多次治疗，循序渐进。因此，这董玉善是多次亲自上门，为孙家长兄正骨疗伤。不但分文不收，还每次都千叮咛万嘱咐地让他们一定好好过日子，要把家收拾得像个家的样子。

转眼间，半年过去。孙家兄长的伤病是彻底好了，他们兄弟四人，也早就开始下地干活。有了收成，日子就好了，不到两年，兄弟四个也都陆续娶上了媳妇，家里有女人收拾着，这日子就更不同往常，有了温馨的烟火气。这孙家的日子是一天天地好起来了。

一天晚上，董玉善的妻子和往常一样取下笤筐，发现里面放着四串大钱，不由惊道："啊呀，这是谁啊，居然放了整四吊钱！"

董玉善略一思忖，心里便明白了大半。他说："肯定是孙氏兄弟

了！想我董家骨科，本来是救治身体的伤病，如今却也能以一己之力疗救心病，让他们几兄弟悔过自新，得以重生，也真是我天德堂的荣幸了！"

董玉善夫妻在讲着这些话的时候，幼年的董尚景也在静静听着，虽说他似懂非懂，但有意无意中，早就受了父亲的耳濡目染，他想，等自己长大了，也要像父亲一样，救死扶伤，帮助穷苦的百姓。

而董家骨科的那只箩筐，也是从此日日悬挂在医馆门外，成了董家骨科最有分量的，金字招牌。

尤其令人称奇的是，有时候医馆里患者络绎不绝，但天黑时那箩筐里却不见有多少钱物。有时候患者并不多，但天黑时取下箩筐，那里面也并非空空如也。董玉善夫妻知道，这肯定是有些家道殷实之人，也和他们夫妻一样，乐善好施。即便没有病，也要往那箩筐里面，放上几文银钱。但无论那箩筐是盈还是亏，董玉善从来都是淡定处之。有时候见那来看病的人实在可怜，董玉善不但不要钱，还要随手从那箩筐里，取出些钱物送给他们。如果有乞丐上门，那董玉善就更是没有二话，有钱给钱，没钱就给食物。在四邻八乡的眼里，这是又一个"董大善人"。

俗话说，向阳门第春常在，积善人家庆有余。这董家骨科的"天德堂"，不但没有因为那只箩筐而入不敷出，反而日日门庭若市，远近慕名而来看病的人，那是络绎不绝。董玉善和妻子一起，将天德堂经营得风生水起。四方远近，只要提到"天德堂"。没有不啧啧称赞的。

当时，安丘县衙听得了此事，还专门派人前来考察，确认是事实后，当时的县令感叹道：前朝的安丘知县陈文伟曾有诗咏叹安丘八大景,其曰:"汶水澄清绝点埃,牟山拥翠夕阳开。印台月色依依见,牛沐钟声隐隐来。碧沼有龙通渤海,青云作院拟蓬莱。灵泉细吐珍珠颗,古墓山川取次裁。"此可谓道尽了我安丘县城的山水大美。如今看来,我安丘城的人文亦更有大美之处啊!有此山水人文,我安丘小城,必能欣欣向荣!真乃幸哉,幸哉!

不仅如此,董玉善与"天德堂"一只箩筐治病救人的仁心义事,更是传遍了青州府、莱州府、登州府,一时声名隆盛。

1896年,董玉善离世,其墓志铭中,刻下了这样的词句:安时以难,清者董卿,中有德实,医者儒风。

第六章 大义拒金

——董尚景仁心国士风

话说这董家骨科的天德堂,在董玉善的苦心经营之下,将一只箩筐高悬在外,为无数穷苦的病人解除了病痛却经常不收分文。一时之间,天德堂的名号享誉四方,其仁心义事亦传遍了周边府邑。

1896 年,董玉善寿终正寝,他的儿子董尚景接过父亲衣钵,继续着董家骨科济世救人的善行。

董尚景天资聪颖,很早就跟着父亲研习医术,他悟性颇高且每每有惊人之语,经常为父亲的接骨之术出谋划策。父亲董玉善亦备感欣慰,他不仅将自己的接骨之术尽数传授给了儿子董尚景,还经常带着他一起出诊,家里来病人时,也让董尚景在一旁听诊。而董尚景也不负父亲所望,很早便能独当一面,面对疑难病症也经常能提出自己独特的治疗方案,且常有奇效。这董尚景年纪轻轻,便有了"接骨神仙"的美誉。因此,父亲董玉善去世后,天德堂的声誉丝毫未减,董尚景将董家骨科的医术和医德,继续发扬广大。

1906 年,因为天德堂影响渐大,声誉日隆,董尚景为了扩大董家骨科的经营规模,带着他"接骨神仙"的美誉,携全家人进城,迁入安丘东关居住。自此,董家骨科在安丘城内扎根,无论是城内城外,还是周边府邑,前来求医问药的人自是络绎不绝,天德堂的声誉,在安丘城内,一时风头无两。

　　话说光阴似箭，日消情长。自迁入安丘城内，转眼十几年过去，董尚景经过了前清，又走入了民国，但是天德堂的招牌，却一直稳稳地挂在董家骨科的医馆门前。经过了大半辈子的风风雨雨，董尚景自是感慨颇多，但每当看到医馆门前那天德堂的招牌，他就很知足。毕竟祖宗的传世宝贝没有丢在自己手里。且还能在这乱世之中，治病救人，救死扶伤，也算是修行之一种吧。他不求太多，只要能安安稳稳过日子，开医馆，为周遭百姓解除病痛，他就很知足了。却谁知，即便是这简单的愿望，也被即将到来的战争，彻底打破。

　　1937 年 7 月 7 日，日军诡称在军事演习时有一士兵失踪，无理向中方要人，声称要到宛平城内搜查，面对日军的威胁，奉命守卫卢沟桥的国民党 219 团团长吉星文当即拒绝。是夜，日军向 219 团阵地开炮轰击。团长吉星文立即向 37 师师长冯治安请示，冯当即表示："为维护国家主权，寸土不能让，可采取武力自卫。"吉星文立即命令守桥部队还击，他说："坚守阵地，坚决回击，坚持抗战到底！"遂带领全体守军一起，坚决予以回击，由此也掀开了全民族的抗日的序幕。

　　当是时，安丘城内的抗日烽火也渐燃渐浓。在诸支抗日队伍中，国民党 51 军纵队所属十团团长韩寿臣（绰号韩二虎）也带领军队，勇抗敌倭。

　　话说这韩寿臣，本名韩鹤松，字寿臣，以字行，家住韩家王封村。为人豪爽仗义，开济豁达，又深明韬略，名播安丘东北乡，人送绰号韩二虎。这韩寿臣念过私塾，也识得几个字。后来为了谋生，可是干过不少行当。当过屠夫杀过猪，开过染坊卖过布。曾经整日里背着个大包袱，摇着手鼓走街串巷卖粗布。因了性子豪爽性情，也曾闹过不少的风流韵事。这是旁话,暂且不提。后来,还是因为其豪爽仗义,韩寿臣被乡里推荐到当时的安丘县联庄总会任了职。

1936年冬天,安丘县联庄会改为乡农学校,韩寿臣又被派去了设在安丘南部牟山观的一区乡农学校,协助周丹庭整军备武。

1937年,"七七"事变爆发。韩寿臣遂以牟山观为大本营,拉起了当时安丘县的第一支游击队,坚决抗击外侮。至此,他豪爽仗义、行侠好武的性格尽显无遗。为了专心军务,他更是抛下了当年走街串巷卖粗布时惹下的一桩桩情债,只是一门心思治军打仗,倒也深得一众官兵的爱戴。

不久,韩寿臣就因治军有方,被十团官兵联名拥戴为十团团长。韩寿臣志得意满,决心不负众望,治更加严格。四邻八乡一时流传了不少关于他严明军纪的大小故事。其中一则"整治花斑豹"的故事就经常被前来天德堂看病的人们讲起,董尚景也已经听了不下十几回。对这韩寿臣的为人治军也颇有了几分了解。

话说这花斑豹,原是韩寿臣治下的十团里一个特务连的副连长。他出身绿林,性情粗野,却是枪法极其精准。据说他在吃安丘城里的杠子头火烧时,都是先将其扔到空中,随后抬手一枪,将这火烧从正中间打穿,然后再吃。据说向来百发百中。若是偶有不中,那他这顿饭就不吃了,直接饿肚子。倒也蛮有性格。

1937年春天,韩寿臣带领十团官兵,向西移军夏坡,并将团部设在了李家祠堂。特务连长"花斑豹"被分派到祠堂附近的李老栓家居住。

话说这天正是寒食节,花斑豹手下的一个护兵想要解解馋,便跟这李老栓赊了一把子整10个鸡蛋，再燃了柴禾用李家的大锅煮了，然后勺子捞出，冷水凉好，剥了皮，三下五除二地就吃了个风卷残云。把个李老栓在旁边看得直咽唾沫。看这护兵连让也没让地就吃了个精光，这李老栓嘴里便嘟哝了几句。这护兵一听有些上火，不由分说上前就给了李老栓两个大嘴巴子。这李老栓疼得眼冒金星，一边往院子里走，一边继续念念有词："一群软蛋！见了鬼子就跑，祸害起老百姓来，倒长了本事！"

也是赶巧。这话正好让刚刚走进门的花斑豹给听到了耳朵里。他这火爆脾气，不由分说，叫出那护兵就把个李老栓给绑在了门框上。然后抽出皮带就给李老栓来了一顿暴打。等他打够了，系上皮带，又拔出了手枪，一抬手，便打飞了李老栓的一个耳朵垂儿。把个李老栓吓得魂飞魄散。他这里还在喋喋不休地不落火："你他娘的长了对王八眼，你以为十团是死面捏的？"然后，和那护兵一起，扬长而去。

李老栓这个憋屈啊！挨了一顿好打，还被削掉了一个耳朵垂儿。若是那花斑豹手一哆嗦，那不是要了他的小命！他实在咽不下这口气，便一瘸一拐地走进了村公所，然后趴地不起，朝着村长李秀才嚎啕大哭。他求李秀才给自己做主，讨回公道。这李秀才一看这个情形，立即火冲脑门，拔腿就冲进了十团团部，冲着团长韩寿臣就起了高腔

这韩寿臣正为如何严明军纪而头疼万分，一听手下人又惹事不禁也是火冒三丈。最后思忖再三，便在当时的训导处主任张竹坡的共同协商之下，决定赏罚分明，否则如果伤了本县父老的心，部队无处落脚，抗日就更无从谈起。

最后，这韩寿臣猛拍桌子，下了决心，命人带执法队狠狠地将花

斑豹打了一顿。直打得连那李老栓都跪倒在地替那花斑豹求情。打完了，又给了李老栓 20 大洋。并当即对着围观的父老乡亲重申了军纪："今后，若再有骚扰百姓者，无论职衔高低，一律枪决！各位父老乡亲，只要有我们在，小鬼子绝不敢来！真要来了，我们也会把他们打出去！"

这一番讲话，直把个周遭百姓听得热血沸腾。只要有了十团和韩寿臣，就再也不怕小鬼子了。

就是这个韩寿臣怒打花斑豹的故事，当时安丘县城内是传得无人不知、无人不晓，若干年后，汶水河畔出了一个作家叫郎潮，在他的抗战纪实小说《昨日烽烟》中，对于韩寿臣怒打花斑豹，就有绘声绘色长长的一大篇章的描摹。那韩寿臣也算是青史有名了。这是后话，暂且不表。且说当是时的董家骨科，那"接骨神仙"董尚景虽说整日在家坐诊，但也听那前来就诊的患者讲说了不少韩寿臣的故事。以前讲说的多是他的风流韵事，现在讲说的，都是抗日豪情了。于是也觉得那韩寿臣虽然有些草莽，但也不失为乱世英雄了。

话说就是这样一个韩寿臣，却在某日骑马巡逻的时候，忽然马失前蹄，将他一下子从马背上摔了下来。也是巧了，正好摔在了一块尖尖的石头上。韩寿臣的一只胳膊顿觉疼痛难忍，殷红的鲜血也瞬时浸透了衣袖。一旁的护兵吓得面如土色，看着韩寿臣额头上渗出的密密汗珠，慌里慌张道："团长的胳膊怕是断了……"

韩寿臣一边骂这护兵乌鸦嘴，一边却也心里起了嘀咕："若真是骨折，可如何是好？这小鬼子还没有杀完，怎能轻易折戟？男子汉大丈夫战死沙场才是正经事，若是胳膊断了还怎么打枪？这和临阵脱逃有什么分别？岂不是要让父老乡亲笑掉大牙！"尽管心里翻涌起千层波浪，但他依然在创着侥幸，因为自己一向身体很好，即便是跌了一下，也不至于说一下子就骨折了。

韩寿臣在护兵的搀扶下回到营房，那胳膊还是一个劲钻心地疼。他当即让护兵去找郎中来瞧伤。

这护兵看情况紧急，团长又疼得心焦，便就近寻了家医馆，找了个郎中。这郎中跟着来到营房，见是团长韩寿臣受了伤，自然不敢怠慢。他小心翼翼为韩寿臣查看了伤情，不由失色道："韩团长，您这胳膊伤得不轻啊！"

韩寿臣道："少废话！你就说该怎么治吧！"

郎中道："韩团长放心，我有方子！"

然后忙不迭地开了方子，有内服的，也有外敷的。嘱咐那护兵去药房抓了药，每日里用心煎了，让那韩寿臣认真服用。那韩寿臣也不敢怠慢，细心地遵从着医嘱，唯恐治疗不彻底，会留下什么后遗症。

期间这郎中也自是不敢怠慢，又定时地来过几趟，每次都先是仔细地验看伤情，再开方施药。

一个礼拜过去，却并无起色。

这一日，郎中又来。待看过了韩寿臣的伤情，他"扑通"一声便跪倒在地，战战兢兢道："团长，您这胳膊怕是保不住了，得截肢了！否则，恐有性命之忧……"

韩寿臣一听又惊又怒。他知道自己这是碰上了庸医，若是截肢，何不早截，偏要耽搁这许多时日。定是这庸医无能，见并无疗效，才出此下策。若真是因为庸医耽搁了治疗而白白失去一只胳膊，岂不冤枉！

这韩寿臣正要发怒，旁边的护兵赶紧上前相劝。他知道自己团长的脾气，一怒之下，让这郎中吃了枪子也保不齐。

那郎中早就吓得在旁边筛糠。只求这护兵能为他说句好话。

这护兵却并未替这郎中求饶，他知道当务之急是如何救回团长的这只胳膊。他眉头微皱，向团长道："团长可曾听闻汶河畔董家王封村的董家骨科？他家已是三代行医，无论医德还是医术，一向名声在外。现在挂牌行医的是其第三代，董尚景。他的父亲董玉善在医馆天德堂外悬一只箩筐，为人看病，不计钱两。其子董尚景自幼聪慧，有其父之风，现已移居城里。若去董家骨科，团长的胳膊定然有救！"

一旁的郎中，也连声唯唯。却又被这韩寿臣骂了个狗血喷头。

"一群废物！早知道有这董家骨科，为甚不早些去请！白白耽误这些日子，老子的一条胳膊都快要废了！"

护兵道："当时情况紧急，我一时竟然忘了……"

韩寿臣想着这胳膊还能有救，也就稍稍平息了一下怒火，道："这董家骨科，我倒是早听说过。再说这城里城外的，又有几个不知道董家骨科的。凡是去找他们看病的，都说确有奇效。"

郎中一边筛糠，一边连连称是。

事不宜迟，韩寿臣赶紧差护兵前去县城医馆，速速寻那董尚景，来为自己看伤。

话说这日正是秋分，"秋分者，阴阳相伴也，故昼夜均而寒暑平"。其时凉风习习，碧空澄澈，董尚景正坐在家中翻阅医书，院子里丹桂飘香，菊花盛放。淡淡的馨香里，董尚景的心情大好，一派恬淡安详。

放下医书，他又思索起前几日看的几个病号，按着日子，他们的伤病也应该快要痊愈。正思忖间，忽听得门外喧哗。抬头看时，却见几个骑马扛枪的护兵走进门来。董尚景有些意外，刚要从椅子上坐起来，那几个护兵却已进得跟前，对着董尚景恭敬作揖，一口一个"董先生"。

原来，护兵来时，韩寿臣一再嘱托，态度一定要谦恭温和，不可有一点怠慢。护兵也早听得董家骨科名号，也先带了一份恭敬。今日一见，确有杏林贤者之风。

为首的护兵报上名号，自称乃国民党 51 军纵队所属十团团长韩寿臣的部下，已是久闻天德堂名号。今团长韩寿臣从马上跌落，胳膊骨折，前日找郎中却看，治了几日却说必得截肢。若是少了一只胳膊，还怎么能再握枪打仗？如今日寇猖狂，若是因为一只胳膊而折翼，那真是空有一腔爱国志，却也不可奈何了！岂不冤哉痛哉！

这董尚景听完护兵一番慷慨陈词，一时神情严肃。自己虽说只是一介平民，整日在家中坐诊，但也并非不问世事。恰恰相反，他一向忧国忧民，颇有家国情怀。自从七七事变，偌大个中国，哪个不是对小鬼子痛绝！而对于今日安丘城的抗日烽火，他也一直关注备至。十团团长韩寿臣，他当然早有耳闻。此人虽然有几分孟浪，却也重情重义，分得清家国恩仇。尤其听闻他治军有方，那"韩二虎怒打花斑豹"的故事，在安丘城内外可是传得很响。不想如今却受了这么重的伤。

一想到此，董尚景二话没说，当即便收拾药箱，跟着护兵前往十团兵营。

话说那韩寿臣待在营内，正煎熬在苦痛之中。却不想董尚景这么快就来到了营房就诊。

董尚景话不多说,只是赶紧上前仔细查看韩寿臣的伤势。期间几度皱眉,似有思忖。他的每一次皱眉都让这韩寿臣心里七上八下,他连急带疼,那身上的冷汗是一层接着一层。

大约过了半个小时,只见这董尚景的脸色渐渐缓和,他轻声道:"韩团长请放心,您的胳膊,能保住!"

韩寿臣心中一阵狂喜,却仍是半信半疑,追问道:"当真不用截肢?"

"不用!"董尚景回答得非常肯定。

韩寿臣又问:"那几日可以医好?"

董尚景说:"伤筋动骨一百天,韩团长不可心急。加上前几日的诊疗不当,又耽搁了治疗时机。但是只要您配合治疗,按照我的方子来,就一定能够治好!"

韩寿臣道:"只要能保住我的胳膊,我一定好好配合!您尽管开方子吧!"

当下,董尚景便打开药箱,用董家骨科自制的药具,对韩寿臣进行诊疗。他采用夹板固定,又予以药物外敷。那可都是董尚景自己亲手熬制的膏药,无论药材还是火候,都堪称到位。外敷好了,又开了内服的方子,怕的是韩寿臣的伤耽搁了时日,会有感染。

不用看疗效,只是看这董尚景的一系列治病的动作,韩寿臣便对董家的医术深信不疑。表情从容淡定,动作迅速麻利。不仅如此,就连伤者的心思,那董尚景似乎都能读得透。无论包扎还是敷药,动作轻重有度。让你韩寿臣的心里,很是感动。自觉像这样医术又高人品又好的医生,还真是头一回见。

第一次的诊疗结束,董尚景未待歇息,便起身告辞,说是怕医馆里有病人上门,所以不敢久呆。本想设宴款待的韩寿臣见此情状,也不好强留,便道:"先生心系伤者,实令韩某感动。待他日我的胳膊好了,一定亲自登门拜谢!"

董尚景道:"不敢当!韩团长带领手下兵士打小鬼子,保一方平安,董某深感崇敬!倘若兵士在战斗中挂花负伤者,尽管来董家骨科医治,只要是抗日兵士,天德堂必定分文不收!"

这一席话,把个韩寿臣听得再次内心滚烫,心想今日也算是碰上了奇人。古人云:"天下熙熙,皆为利来,天下攘攘,皆为利往。"古人又云:"人为财死,鸟为食亡。"想不到今日,居然见了如此轻利重义之人。怪不得董家骨科三代承袭,名声在外。外人皆传他董家得了旗人的医书秘笈,其实他董家也是有自己的秘笈的,那就是仁心仁术,救死扶伤。

自第一次诊疗之后,每隔几日,董尚景便在护兵的带领下,来到营房为韩寿臣继续诊疗。而这韩寿臣自得了董尚景的医治,伤情是一日日眼见地有了好转,痛感也一日日渐消。心情也如这天气一样,清爽了很多。

在这期间,不时有韩寿臣的手下或者其他的抗日兵士因为伤病前来董家骨科医治,董尚景也确如自己所言,一律分文不收。很多将士被董家医术医德折服,待伤好之后,便继续奔赴前线,奋勇杀敌。

而这董尚景,因为韩寿臣的抗倭之举,对他的诊疗也尤为上心。每每是不等护兵前去接应,他就自行背了药箱前来。来到便为韩寿臣仔细诊治,一丝不苟。

董尚景的医术韩寿臣看在眼里,他的诊疗态度更是让韩寿臣折服。他经常暗自思忖:等伤病痊愈,一定登门重谢!

话说时间飞快,这韩寿臣的伤慢慢痊愈。不但没用截肢,而且恢复得非常之好。韩寿臣自觉和摔伤之前,完全没有两样。营房内外,一时传为佳话。莫不曰:真乃接骨神仙也!

伤好之后,这韩团长一时兴起,居然骑马带兵,去往留山散心。踏马途中,忽见空中飞来一雕。一护兵见韩寿臣抬头望天,便道:"听说韩团长枪法奇准,百步穿杨,今日可能让兄弟们一睹风采?"

那护兵话音刚落,便听得一声枪响,随即一只黑雕飘飘摇摇,跌落在不远的树丛间。

兵士们齐声叫好!韩寿臣也心情大悦!

留山回来,韩寿臣便把护兵叫到跟前,道:"眼下我的伤已经是大好了,当日曾郑重许诺,一旦伤好,必定亲自登门,前往天德堂致谢。速速给我准备一筐银钱,明日跟我一起,拜谢天德堂!"

护兵不敢怠慢,急忙下去准备。

第二日,韩寿臣披挂整齐,郑重其事,骑了高头大马,带了一干护兵,浩浩荡荡,前往天德堂。

医馆附近的住家都远远地看见有兵马前来,先是一阵慌张。待看清是韩寿臣的兵马,方才放下心来。见他们停在了天德堂的门前,心里就都明白了大半,这肯定是登门致谢来了。一时这医馆门前,就围了好多人,都图稀看个热闹。

到了医馆门前,韩寿臣先下得马来。后面紧跟的护兵,将马背上一个大大的箩筐也卸了下来。。

只见这韩寿臣,先是朝着医馆门口拜了一拜,然后才让护兵抬着箩筐,跟他一起进门。只听得这箩筐里面,叮当作响。围观的乡亲们开始交头接耳:"难不成这里面都是银钱?这下天德堂可大发了。自从那董玉善开始,即门外悬筐,只为救济穷人,自己却要搭上许多银钱。现在好了,这一筐子银钱,够花几辈子的了!"

正窃窃私语间,那董尚景听得外面声响,也已迎出门来。只见韩寿臣带了一众兄弟,正从那马背上卸下了一只大筐,合伙抬着往医馆里送呢。上前一看,居然全是白花花的银钱!众乡亲也都凑上前看热闹,被这一箱子银钱惊炸了营。

韩寿臣一见董尚景,便忙不迭地作揖拜谢,道:"董家骨科真乃神医在世,董先生的医术也确实不负'接骨神仙'的美誉!今日韩某亲自带兵前来,以示谢意!这一筐银钱,还请先生笑纳!"

说话间护兵便要将银钱抬进了董家大门。这董尚景一看便急了,一边关闭了大门一边匆忙阻拦道:"韩团长请听我讲,悬壶济世,治病救人,乃是我行医者的本分。为抗日将士治疗断臂,更是我董某荣幸。现如今,团长既已痊愈,就请早日奔赴战场,便是对我天德堂最大的报答!这一筐银钱董某却是万不能收,不如就将它用作军饷,慰劳前线将士,鼓励他们多多杀敌吧!"

这一番慷慨陈词,让韩寿臣听得又是异常感动,一时热血澎湃,爱国之情在胸中奔涌起伏。他深感董家骨科的名号实在不虚,确乃杏林楷模。一旁的众乡亲也是啧啧称赞,他们与董尚景虽相识多年,也深知董家骨科为人,但今日这一筐银钱,任凭谁也很难拒其诱惑。何

况董尚景确实为韩寿臣治好了本以为要截肢的断臂，这应是董尚景理所当然的所得。但他居然为了民族大义,断然拒绝!

韩寿臣见此情状,再次两手抱拳:"董先生如此重义忘利,实让韩某汗颜! 既然如此,那就恭敬不如从命! 否则,就是对先生的大不敬了! 董先生请放心,我韩某定带领一干兄弟,奋勇杀敌,定把小鬼子赶出中国去!"

众乡邻被二人的一席对话感动,纷纷拍掌欢呼起来。

语罢,韩寿臣便回身上马,让护兵将一筐银钱又拴在了马背上,一队人马浩浩荡荡,折身返营了。

回到营房,韩寿臣少不得又将董家骨科大义拒金的故事讲给全团将士倾听,以此鼓励他们奋勇杀敌。而董家骨科的名号也由此更加得以传扬,名播四方。

第七章　一代宗师

——董桂芬医术续传奇

董家家族史,是一本散发着中医芳香的家史。

董桂芬出生于正骨中医世家,到他这里是正骨传承第四代,都说父母是孩子的启蒙老师,父母的言行举止是孩子最初学习的参照。在董桂芬的成长过程中,父亲董尚景的优秀品德、高尚医德无疑成为他做人、追求事业的导航,影响深远。董桂芬的童年在战争年代,从小对药理产生很大兴趣,对于父亲的正骨医术,表现出极大的爱好。从点滴的观察到潜心的学习,医术的成长经历的前后几十年的时间,才能独挡一面。董桂芬在父亲董尚景的精心调教下,细心研究并掌握了"接骨丹"、"活血散"等药方药理,并结合正骨研药之经验,系统的完善了董氏正骨的理论与方法。父亲董尚景的医术医德在县域内外颇有影响,这得益于自己对医术的研究。董尚景能够从传统医书典籍中寻找理论根据,发扬光大祖上的接骨活血灵药,进而使正骨手法简单有效,吸引了周边普通民众,来就医者络绎不绝,堂号"天德堂"成为潍县地区小有明气的堂号。

医术精湛是一方面,另一方面是高尚的医德。民国时期的贫苦百姓看病是负担较重的一块,董家对于乡里百姓施以善行,更多的时候是随意付费,或者免费医治。抗日战争期间,拒收抗日军官韩寿臣大洋的大义之行,体现了深深的爱国热情。韩寿臣也是安丘人,生于

1904 年,家乡百姓一般称为韩二虎。1936 年,在董家王封村组织训练民团,又在牟山观主持第一乡农学校,主管军事训练。1937 年卢沟桥事变后,全国抗日战争爆发后,韩寿臣以地方自卫队和乡农学校的部分学生为骨干,成立了地方抗日游击队。到 1938 年的时候,韩寿臣的抗日游击队编入厉文礼部十团,担任团长。厉文礼少年得志,在 1930 年 8 月的时候,国民党第三路军总指挥韩复榘主政山东,厉文礼于 1932 年 6 月调任潍县,任潍县县长兼任团县大队长、联庄会总会长。1937 年 7 月 7 日抗战爆发后,日寇大举进犯中国内地。山东省政府为了适应抗战的需要,重新划分行政区,便于组织游击队。厉文礼从潍县县长调任为山东省第八区行政专员兼游击队司令。在此期间,厉文礼便以原潍县第三区所属区武装为基础,扩编为第一团。在日寇即将占领潍县的 1938 年 1 月 8 日,厉文礼前往安丘山区,继续开展游击战争。

此期间,厉文礼在名义上所辖 13 个县内扩充的游击队伍,至 1938 年的六七月份,成立山东省第八区保安司令部,司令厉文礼,副司令申集安、岳静山,参谋长张福胜,下辖独立第一团团长考斌之,独立第二团团长胡鼎三,独立第三团团长张汉(高密县长兼),独立第四团团长王有为(潍县县长兼),独立第五团团长张天佐(昌乐县长兼),独立第六团团长曹克明,独立第七团团长董希瞻,独立第八团团长王子春(安丘队伍),独立第九团团长阎珂卿(平度队伍),独立第十一团团长殷蔼仁(安丘队伍),独立第十二团团长李鸿年(高密队伍住诸城),独立第十三团团长周殿元(诸城队伍),独立第十四团团长邱景庆(诸城队伍),独立第十五团团长尚行初(平度队伍),期中,独立第十团团长是韩寿臣。1938年4月中旬,韩寿臣与八路军鲁东游击队第七支队二大队联合行动,袭击了坊子车站日本烟草公司,打死日军八名,后又在安丘县夏坡等地袭击过小股日寇。

1938年下旬,韩寿臣与八路军鲁东游击队第八支队配合,袭击驻扎安丘城的日寇。在指挥战役的时候,韩寿臣有过意外,从马上掉下跌伤。那时,董家骨科的医术在安丘县城已经早有名气,董尚景接骨神仙的声誉也远播在外。韩寿臣找到董尚景,很快接上断骨,并结合祖上药方,加快愈合。事后,韩寿臣感激不尽,重金答谢神医董尚景。但被民族大义的董尚景拒之门外,那一句"把钱给士兵,多杀几个鬼子"的凌厉话语,显示了一代中医的民族忠贞之举,感染了乡邻,也教育了后辈。

医者父母心,父亲行医中的言语操行,在年少的董桂芬心里,深深的扎下了根。医德大于天,一个医者的救死扶伤理应成为医者心底的善念。董桂芬在人品和医术方面,以父辈为标杆,做到正直、品性善良、医术精研。

中医是中国传统文化的瑰宝,在悠久的历史中中医中药都是文化遗产的一部分。不同时期,中医面临的处境也各不相同。

1929年余云岫以委员身份出席中央卫生委员会会议,提出建议要求全面废止中医,并由第一届中央卫生委员会会议通过了《废止旧医以扫除医事卫生之障碍案》,因遭到全中国中医界强烈反对而未能付诸实施。1937年七七事变之后,全面抗战爆发,对于药品的需求急剧增加。国民党政府为解决药品问题,公布救护药品进口免税办法,并设立"战时医药药品经理委员会"负责向国内外采购。此情况造成大批西药成药输入中国,而中医中药受到国民党政府歧视、限制。这种局面一直延续到建国后,50年代时候,中华人民共和国卫生部副部长王斌提出,中医是封建医学,应随封建社会的消灭而消灭。还开设了中医进修学校,让中医学习西医,学习解剖学。这种说法得到毛泽东主席的纠正,肯定了中医的积极作用。但各种极片思想的影响下,中医行医也是遭遇种种干扰。老医生和马戏团表演者、蛇油推销员及街上小贩化为同类,作为封建迷信、巫神进行批判。

文化大革命期间,中国共产党政府对中医学给予了政策上扶植,中医得到很大的发展。但文革时认为中医是封建思想的产物,出现了毁坏中医古籍的运动。就连接受过初级医学培训的赤脚医生,也被委派去偏远农村参加劳动。民间行医,也被看成是走资本主义道路的表现。在这样的情况下,董家骨科正骨的传统医术,不能公开行医,天德堂的堂号也是停业状态。但董家骨科的声名远播和良好医德深深的印在乡里心里,不但安丘县城的正骨者源源不断,就是县域之外的例如沂水、诸城、昌乐等,这些地方的人寻着名气远道而来,图的就是董桂芬老医师的广览医籍,精熟岐黄,勤研祖上治病之要,为人治病的奇效。

医术医德,有口皆碑。在破四旧的这段日子里,董桂芬始终坚持为贫穷人家看病,一律不收取费用的原则,救治了无数乡邻百姓的断腿、断臂。在人力社会里,劳动力是家里的主心骨,能够在得到有效的救治,快速康复,对于家庭和集体都是至关重要的。同时,通过合理有效的救治,伤者能够尽可能的减少痛苦。这些种种的恩施,对于一代正骨医者董桂芬来说,可能是举手之劳,但对于伤者百姓来说,是莫大的恩惠。接受治疗的伤者,也一般会通过折中的方式,把东西送到董桂芬的左邻右舍,委托左邻右舍的乡亲再转交给董桂芬家。每天来来往往的人也挺多的,家里常常被塞满。伤者送的东西也不是多名贵的,那个物资匮乏的时代,计划经济体制下,百姓手头上也没有多少钱、物,大家不外乎出于感激,奉送上自己制作的点心、种植的蔬菜等等。这不算什么买卖,也不是为了经营。由于莫名而来的人多,多多少少的转送,也就积少成多,所以董家也总是这样那样的东西不缺,虽说不上富足,倒也没感觉多少匮乏。这从侧面说明了董桂芬的医术得到了认可,而群众的这份信任对一个医者来说,是莫大的欣慰。

虽然是民间行医,董桂芬有一个习惯,坚守着作为一个医者的素养和操守,那就是坚持做好病人病情的记录。从医的这些年下来,在他的箱子里,保存着一本本一册册的案例。泛黄的的本子,每一本都用一根橡皮筋小心扣好。这样做的目的,是为了把日常就诊过程中总结出来的病例记录下来,便于作为诊断的参考材料。也可以参考病例,结合祖上的医学理论,总结升华正骨医术。作为传统的正骨传人,董桂芬对于董家骨科医术的继承和发扬,使董家骨科医术得到完善。老当益壮何惧辛劳艰辛,接过父亲衣钵的董桂芬,融合董家祖传正骨研药之经验,系统的完善了董氏正骨的理论与方法,系统整理了"活血散"、"接骨丹"、"外敷膏药"等祖传秘方。这些药方,积攒了几辈人的心血,是董家正骨的传承。

突然有一天,董桂芬召集家人召开了一个严肃的家庭会议,在家中征求家人意见,要不董家骨科的正骨医术的方子公布出去。这个突然的决定对于家人来说没有思想准备,不单单是什么经济角度考虑,关键这是祖上留下来的，这些药方公布出去，对于老祖宗的东西没有保守好，是对祖上的歉意的。方子不绝密了，家族的堂号不也砸了。其实这些，董桂芬并不是没有考虑。期间也经历了许久的思想斗争。董桂芬劝说家人说，我们祖上从旗人得方开始，一直秉承着家族的德艺双馨的品质。老祖在行医的一生中，都是为民不为利，留下了许多美德的赞誉。老爷（土话 ye 一声）被称为董大善人，不是很好的证明吗？在老爷（土话 ye 一声）墓志铭中有"安时以难，清者董卿，中有德实，医者儒风"碑词，我们应该更加注重的医德修养。

最终，在董桂芬的坚持下，同时，一次次的家庭会议的讨论，这个有着良好声誉和道德感人的家庭，突破了传统医术传播的家族模式，一致同意在明确药理、完善药方的的时候，把自己家传的"活血散"、"接骨丹"、"外敷膏药"等祖传秘方公诸于世。那时，正值新中国中医事业刚刚起步，正是本着多带徒弟，好好为人民服务的简单想法。董桂芬打破了"传子不传女，传本姓不传异姓"的家规，开始有意招收异姓徒弟，决心让受群众欢迎的董家正骨在更大层面上铺开。这之后董家正骨敞开胸襟，力图让更多的人掌握这种技术，更好地服务患者。

此种大义之举，足以体现一代正骨宗师的高尚品德。而一份份的正骨案例，是无数的成功案例，也是无数的医者善行的良心。这期间义诊了多少，帮助安抚了多少，又有谁能够说的清呢！ 我想简单的文字，不能阐释董桂芬的这份"义"爱，但他每天摸过的一块块骨头，包扎的一个个木板，上面肯定写着"医德是执玉，积善胜遗金。"我想，他人生的座右铭，可能没有写下来，但却写在了他的脑里，和每一个被帮助治疗的伤者心里，那也是他人生最好的写照。

1965 年 6 月 26 日，毛泽东主席发出了著名的"六·二六指示"——把医疗卫生的重点放到农村去！这个指示吹响了中草药群众运动的号角。合作医疗和赤脚医生伴随着这场运动开展开来，全国都在搞合作医疗，每个村都要有"赤脚医生"。在赤脚医生的选拔上大部分农村生产队是比较民主的，选拔出来的赤脚医生也多以回乡知识青年为主，他们其中的许多也比较优秀。多数的青年在品质上都很优秀，爱学习，有责任感。这样的赤脚医生能够很好的掌握医疗技术，也能够得到老百姓的信任。总体上赤脚医生立足基层，便于做到全心全意为贫下中农服务。应该说，老百姓的生病、伤痛应该能够得到赤脚医生的医治。但赤脚医生和合作医疗的政策在实施中，由于医疗基金太少，限制了卫生室的发展。同时，药品、器械等也十分短缺，仅用针灸加草药为病人治病，医效大大降低。有的因管理不善，干部和社员吃草药有区别，群众不满。还有的在发展中搞了运动式，造成经费拮据，难以为继。并且赤脚医生的质量良莠不齐，群众的信任度逐渐下降。

文革期间，在反四旧的运动中，把中医师个人当四旧批判并迫害。四人帮在整个文革中还把中医当成伪科学，利用自己各地的革委会，片面宣传中医的封建性，给中医的生存氛围营造了一个低劣的文化环境。董家骨科的正骨医术，在这样的环境下，实际上是不被允许的。在运动开展期间，这种所谓的封建余毒是运动要求严厉批判的。

有一年的冬天，昌潍地区（潍坊）的小虞河生产队传来一个好消息，公社要分牲口了。这消息像长了翅膀一样迅速传开，不等生产队的广播响起，已习惯开会的社员在很短的时间内聚集到生产队的场院里。每个人的脸上都晃动着不同的神情，犹疑、喜悦或者忧愁。带着

点雀跃的心情关注着生产队那二十来头牛马驴骡的命运，平常他们都集体生活在这个大院里，现在却要被社员们瓜分了。由于生产多，而牲口就这二十几头，所以采用抓阄的老办法。有干部把牲口都编了号，谁抓到谁就领回去，不管牲口的孬好都要接受这个现实。有的可能还要抓空，因为实在不能平均分配。当时的小虞河生产队抓到了一头骡子。那头骡子对于这个生产队来说意义重大，因为它是集体农业生产的好帮手，搁在现在来说，相当于这个生产队分到了一辆先进的大型收割机。这头分到的骡子，让每一个小虞河村的队员们充满了对未来的憧憬和希望。

在生产队时期，牲畜是乡村的灵魂，是农人和土地的纽带，也是大集体时农业生产的最富灵性和智商的帮手。在生产队，社员们通常会把马、骡、牛、驴当成他们的一半家当，一半光景。那些年，生产队里的马车常常要跑一些长途，比如冬天要到一二百里地外给社员们拉煤，连去带回，少说也得三四天的时间。有时可能是砖石、沙子之类的东西。牲口少，事情多，骡子总有这样那样的问题。有时候，在运输中骡子干脆滑倒，两只前腿跪在地上怎么也撑不起来，并且膝关节处偶尔会出现皮开肉绽。更为严重的是，骡子有时候会有骨折现象。这时候比较急，要及时找兽医来给它接骨疗伤。很多时候，对于这样的大型牲畜的骨折，一般治疗是比较麻烦的，通常这样的骡子就报废了，这对于生产队来说，肯定是一笔无比巨大的经济损失。

有一年的秋天，生产队里的骡子放下其他运输活计，又加入到秋收秋耕的繁忙中。可能由于长时间的劳作，或者因为营养上跟不上，在一次在运输途中，由于身体的倾斜，这头骡子的右腿出现了拐脚现象。起初也没想很多,后来分析可能是腿骨折了。这可着急了整个生产队,可当时哪里有什么能够治疗骡马的兽医。也是一个偶然的机会,小虞河村的王明芝队长听说了董家骨科董桂芬的正骨医术。当时也是听说的治疗人的骨伤,对于治疗骡马是不是可以,没有什么把握。毕竟人和骨骼结构和骡马的骨骼结构是截然不同的。再者,人家董桂芬在昌潍地区已经很有名气,让人家去治疗骡马,未必能够答应。老先生在安丘居住,离小虞河村有几十公里,骡马肯定是不能搬运的。于是抱着试试的态度,王明芝队长和几名村干部来到了安丘东关大队,凭着当地的名气,很容易的也就联系到了董桂芬老先生。对于潍坊的朋友的到来,老先生给予了热情的招待,但对于治骡子,的确没有细致的研究过,也没有治疗的临床经验。潍坊的朋友从老远的地方到来,怀着满满的渴望,董桂芬老先生不想让人家失望。考虑再三,抱着试试的态度,董桂芬便准备了需要的一系列物品,跟着潍坊小虞河生产队的朋友去了潍坊。

到了村里,接到消息的队员们围了水泄不通。像接待救星一样,满怀期待的迎接着这支归来的队伍。董桂芬没有太多的客套,问明骡子的 安置牲畜棚,直奔而去。这头还算壮实的骡子,此时已经不能站起,趴在自己的棚里。董桂芬结合正骨的传统技法,采用"望、闻、问、切、摸、比"六诊合参,根据骨折部位的触摸和声响,判断其程度和性质,为治疗骨伤提供参考依据。骡马骨折治疗不同人的骨折治疗,骨头大是一方面,另一方面骡马也不会乖乖的躺着等待康复。骨折的程度也需要细心的判断,才能确定好治疗的方案。根据骨折发生后,病马表现的疼痛感,尝试判断软组织和神经损伤的严重程度。骨折时,

由于骨折断端移位,肌肉会出现反射性收缩,局部会出现溢血。两骨断端相互摩擦产生的声音不同,能够诊断软组织的损失和骨折的损伤程度。这些都在董桂芬的心里一一过筛,细细揣摩。董桂芬运用祖传正骨技术,动作熟练,重而不滞,轻而不浮,兼以触摸、拨伸、持牵、按压、理筋等手法,在社员的帮助下,把马的断腿给顺利接上。

骡马的腿接上,也只是初期的第一步,后面的固定和愈合更需要有针对性的考虑。合理固定骨折,便于防止再移位和保证断端在安静状态下顺利愈合。一般采取的方式是固定石膏绷带或夹板绷带。董桂芬从现有的实际出发,为了更好的康复伤病,采用了大胆的做法,就是用夹板固定。牲畜自我意识差,为了便于尽快的康复。董桂芬结合这些年的经验,配套麝香、红花、自然铜、血余炭等相关的中药理疗。希望能够通过中药的效力起到活血止痛、消肿生肌、散血通经、续筋接骨、补气非血的医效,进而有效达到瘀去、骨充、肌生、筋舒的功效。具体的效果其实要等到以后的康复来看,总体上来说,应该还是比较圆满的。

对于董桂芬的辛苦,王明芝以及小虞河村是满怀感激。从潍坊回来后,董桂芬又去换过药,并嘱咐了队长应该注意的问题。在护理员的精心护理下,骡子最终很快的康复,这个生产队的希望又回来了。董桂芬的正骨医术,也征服了小虞河村的每一颗心。正是怀着这样的感激之心,王明芝带着部分的干部和村民专程来东关表达谢意。东关大队的李清华书记听说潍坊客人的到来,立马来到了董家。也正是在董桂芬的引荐下,东关大队和小虞河生产队建立了良好的交际关系。那时的小虞河地处潍坊地区,在农资方面比安丘地区要丰盛的多。有些紧缺的化肥、氨水等也通过小虞河大队转送到了东关大队。在这样的交流下,两个村的友谊牢牢的建立了。董家的医术带来了东关的外交,董家相应的得到了大家的尊重。这样的尊重,不仅仅是对原先董桂芬医术的钦佩,也是对董家贡献的一种感谢。直到今天,这种友谊还长久的保持着,王明芝多次以私人的身份来看董家老太太(董桂芬的夫人),并与老书记李清华保持着联系。对于当时的经历,现在东关大队的主任李锡明还历历在目,谈起来如数家珍。

董家正骨的传奇故事正是董家医术发展的真实写照。故事虽小,但渗透着这个正骨家族的勤奋和努力。正是延续了以前跌打正骨跟武术的深厚渊源,医术精湛的董桂芬老先生,也是一个勤奋好学的习武者。在学医过程中,董桂芬除了医学技法,同时也要习武强身。这样做一方面是为了保证刚、柔的正骨手法做到位;另一方面,习武者的刚强体健也是跌打正骨的最好的宣传。民间经常流传"不识打拳,就不是跌打医生"的话,即所谓的"以武助医,医武结合"。通过练武,能使力韧而活,轻重开合,适得其妙。

董桂芬对武术的热爱是内心与正骨医术有关,也与他对中国武术的深挚热爱有关,不断刻苦的练功使意志能够愈来愈坚。他从小开始习武,直至晚年,练功不缀。安丘历史悠久,文化底蕴深厚,尚武之风源远流长,直到今天孙膑拳、地功拳、八卦掌、形意拳、螳螂拳、查拳、太极拳等优秀传统拳种分布全市,习武者达数万人。董桂芬早年研习拳术,并对太极、八卦等进行研究,力求博采各家之长。武术不是专业,但练习非常刻苦。经过一段时间的修炼,他展示掛拳、捎拳、插拳几个经典动作时,依然身手敏捷,拳下生风。由于精通武术,有良好的身体素质,有充沛的精力和超人的劲力,董桂芬在正骨复位时配合手法技巧,就能轻松自如的将移位的骨折或脱位的关节整复,从而达到手从心转,法从手出的施术境界。这样在正骨治疗时,患者的痛苦就会降低,患处软组织的再度伤害就会减少,再结合独特的传统用药和固定方法,给各类骨折伤的修复创造有利条件。避免了多人配合完成一个复位过程,与施术者的心力不合拍,强拉硬拽,技巧难以把握到位,正骨复位效果无法达意。等到伤患者康复起色的时候,董桂芬也会和被施术者探讨武术,力求达到强身健体、康复理疗的有良好效果,也能够增强抵御外力的能力。

建国之后,医疗卫生事业刚刚起步,发展参差不齐。乡邻们在日常的生产劳动比较多,其中在推拉、搬抬、砍伐等劳作中,总会有各类跌扑损伤、骨折脱位、无意刀伤等发生,有个强壮的体魄,降低跌打损伤的几率,就能够保护好一个劳力(家庭中的男性),挽救了一个家庭,避免没了生计。从这点说,医术技艺的不断探究,也是为了扶伤的医者善德之心。董桂芬在正骨技术方面之所以有较深造诣,与董家正骨的传承关系重大,也与他的个人努力分不开。他总结传统的正骨理论,研究药理,也研究正骨手法,而良好的武术基础恰恰有利于正骨手法,这造就了他在临床疗效方面的奇效。正骨之法,需医者手法精纯、经验丰富。但凡因跌扑、闪挫或者撞打,造成筋骨受伤的现象,正骨医师必先深究骨伤原因,然后才可以着手医治。当诊断伤者骨头断裂,就需合拢断骨,复于旧位,之余骨伤重者,还须利用相关的辅助工具。至于臼中之骨,需要小心复原。人体之骨衔接处皆有关节互相吻合。关节处假如稍有斜歪,必会让伤者疼痛难忍,不能转动。此类骨接,务必使其离位之骨,送入臼中,而无歪斜。

董桂芬坚持手法治疗和伤者自我锻炼的原则,在这样的原则下,再通过董家正骨的传奇膏药,必能达到尽快康复的效果。董家正骨十分重视药物疗法,董桂芬对药物治疗给予足够的重视,遵循中医辨证论治法则,做到内外兼顾,最终做到理通经络、摩散肿结、行气活血、疏通经络、改善肌肉紧张等作用。

文革后期,各个领域全面的拨乱反正。百花齐放、百家争鸣,文艺科学的春天到来。改革开放的春风令中医药界万象更新。中共中央发出《关于认真贯彻党的中医政策,解决中医队伍后继乏人问题的报告》的文件。紧接着,全国大部分中医药院校开始陆续招收中西医结合大专、本科、硕士、博士生,开展具有中医学特色的师承教育人才培养方式,继承整理老中医药专家的学术经验和技术专长,培养造就高层次中医临床人才和中药技术人才。民间行医的政治限制得以放开,董家正骨行医的春天也同样的到来。董桂芬重整堂号"天德堂",在安丘县东关正式公开行医。

鉴于董桂芬的声誉,前来就医者络绎不绝,几乎都是慕名而来的周边县市区的乡亲。伤筋动骨一百天,可见骨头的恢复是缓慢的。有伤患者寻名而来,图的是对董家正骨的信任。董桂芬的正骨手法到位,技艺精湛,而董家秘制的祖传药膏,能够帮助骨伤筋伤的加快恢复。关键是能够尽可能的避免手术,本身就减少了对身体元气的消耗。采用传统正骨还可以利用传统中医的五行调理之法,化瘀、顺血、舒筋,进而平衡阴阳,调节气血,恢复人体。

安丘地方志鉴于董家正骨声名远播,在地方志《安丘镇志》一书

中,对当地祖传名医有专门记载:山东头村张桂英专治小儿疯症,东关村董桂芬专门骨科,东关村曹一凡专门针灸。其中不难发现,董桂芬正骨医术赫然在列。曾经乡镇农村的一位伤者,在家农作时不小心滑倒了,膝盖着地,痛疼难忍,不能站立。当时情况不明,十分着急的时候,从乡镇找人捎带到安丘东关,直奔董家堂号而来。经过初步触摸诊断,可能骨折的程度大一些。这种情况应该做手术的可能性很大,但是需要很大的花费,而且恢复的慢。董桂芬结合自己多年的临床经验,再次触摸诊断。叮嘱伤者按紧腿别动,突然按了下去,只听着响了一下,伴随着伤者瞬间的痛疼喊叫,伤者的腿给接上了。董桂芬接着给伤者贴上了黑黑的膏药,又用假肢架固定住。临走时,叮嘱伤者注意保护,腿不能屈,平时多活动脚趾。之后又换过几次膏药,复查过几次,在家慢慢养调养。最终,通过时间的验证,伤者慢慢的恢复好了。

这样的例子不胜枚举,拯救的伤患者不计其数,最大可能的减少了负担。在沂水的一位小姑娘,在玩耍时不小心手着地,造成右前臂骨折,家人带着孩子慕名来到安丘东关,找到了董桂芬先生。经过诊断初步判断可能是尺骨骨折,桡骨只是严重弯曲,这种情况,一般也是采用手术方式进行。孩子小,骨头恢复快,手术后能够很快愈合。但有一个问题,外科手术一定会留下很大的疤痕,毕竟作为女孩子,会影像到孩子未来形象。董桂芬采用传统手法复位,一方面尽可能的避免对未断裂的桡骨造成损伤,另一方面尽量保证尺骨完全复位。做好这些,需要劲道有度、手法到位。董桂芬的正骨手法没什么问题,这步完成后,就是需要对伤者进行固定,夹上前臂夹板,配合董家的特制膏药,几个月后自然痊愈,不会留下任何疤痕。类似种种的伤患者都是慕名而来,满意而归。

董桂芬在完善传统理论和方法基础上,开拓了骨科治疗的新天地,对股骨头坏死、骨质增生、坐骨神经痛、关节炎、肩周炎、三叉神经痛等疾病治疗有自己独特的方法。吸引了更多的人,认可并接受治疗。董桂芬也被广泛的称赞为"一代宗师"!在当地有广泛的赞誉,受到骨病伤患者的敬仰。一个几百年的中医世家,悬壶济世、代代相传。只有相承相继,才能延续传统,后继有人。为传承家学,董桂芬把其子董胜军安排其身边,亲手调教,悉心传授。

董桂芬对孩子要求比较高,一再告诫自己的孩子要想在医术上有所成就,必须勤奋为先。天分是一方面,只有勤学苦练,笨鸟先飞,才能有所进步。中医比较繁琐,在家传正骨技艺学习上没有什么捷径,因此要对家传药方到烂熟于心,并时时揣摩其中的药理,通过不断的感悟,不断加深理解。背诵不仅是一个基本功的问题,同时也是能不能成为一名合格中医的关键,在这方面必须下点苦功夫和笨功夫。老先生对于勤的要求很严格,同时,老先生也注意培养孩子的临床经验。临床经验是从实践中逐渐总结的,在给伤患者治病疗伤的过程中,总会安排孩子进行观摩。对于用药方面,也是手把手的传授,怎么选药,怎么熬制,怎么浸泡等,细致入微的教授。中医正骨,要把理论知识在实践中进行对照和深化,这也是为后来的临床打好扎实的基本功。德成而上,艺成而下,行成而先,事成而后。良好的医德的一个医者行医的根本,董桂芬老先生注意医德的培养,在做人做医方面注重培养孩子要德艺并重,把大医精诚看作是医生的最高修养。其实,

老先生的言传身教早已深刻得到影响着自己的孩子，董桂芬医术精湛，在行医中的高尚品格、广博心胸，就是一堂完美的课程。

董桂芬胸怀坦荡，谦和友善，为培养传承人呕心沥血。他对于后辈循循善诱、一丝不苟。孙思邈曾经说：大慈恻隐，誓愿普救，无欲无求，一心赴救，普同一等，精勤不倦，尊重同道，举目端庄。医乃仁术，董家骨科从清朝开创以来，救治百姓无数，其善心义举感动百姓。民谣有言："伤筋动骨不用怕，董家骨科最抓茬"。这是对董家骨科影响力侧面写意，也是群众口碑的生动描述。

第八章 传承日新——董胜军创新继业

"董家骨科"诊所，如今被评为"潍坊市老字号"、"山东省老字号"。经过近几十年的发展，逐渐成长为一所中医特色医疗机构，在股骨头坏死、骨折术后延迟愈合、骨不愈合、椎间盘突出、椎间盘膨出、骨质增生（骨刺）、坐骨神经痛、关节炎、肩周炎、风湿性关节炎、类风湿性关节炎、强直性脊柱炎等方面有所建树。"董家骨科"注重传承创新，从第一代开创董家正骨疗法以来，董家正骨历时二百多年，不断总结传统理论，结合正骨经验，对正骨医术和康复药膏不断改良，董家正骨理论体系完善，疗效更加显著。

第四代传承人董桂芬融合三代人正骨研药之经验，系统完善了董氏正骨的理论与方法，为董家骨科赢得了良好的社会声誉，董桂芬也被百姓敬称为"中医正骨一代宗师"！新时期，中央发布文件重申了党关于中医发展的政策，要把中医和西医摆在同等重要的地位，必须积极利用先进的科学技术和现代化手段，促进中医药事业的发展。并在新宪法中明确规定发展我国传统医药，确立了中医药的法律地位，为中医药发展提供了根本的法律依据。董家骨科恰逢其时，在1984年正式经卫生行政部门审核批准，挂牌成立"董家骨科"。董家骨科走向了机构化正规化管理之路，慕名就医者比往常更是增加许多。

董桂芬之子董胜军自幼酷爱中医，在董桂芬的熏陶下，对传统医学的爱好与日俱增。由于对家传医学的热爱,能够很好的熟知正骨的相关基础。也与个人的天赋有关,能够对中医正骨有很深的理解。在父亲董桂芬的精心调教下, 能够对董家正骨的手法和膏药药理有初步的了解。有时候,在学习之外的课余时间,董胜军也涉猎中国医学经典《伤寒论》《神农本草经》等传统医书。《黄帝内经》记载:2000 年前,中国的正骨医师掌握着一种神奇的正骨奇术,不用透视、不用开刀,只用双手触摸皮肤就能判断骨折情况,也同样只用手,就能治愈骨折。

这种神奇的古老医术 2000 年来在中华大地神秘流传。《黄帝内经》中有"在骨守骨,在筋守筋"理论,老百姓也有"伤筋动骨一百天"的说法。筋多起于四肢、爪甲之间,终于头面,内行胸腹空廓,主要功能是连属关节。人体的俯、仰、屈、伸等一切动作都需筋来支持运动,而筋"束骨而利关节"。骨是立身之主干,主要功用是支持人体,保护内脏免受外力损伤。筋束骨,骨张筋,筋与骨的关系极为密切。骨折时重点在骨骼,需要特别关注局部受伤部位。处理时应先纠正骨位,然后夹裹、敷药外治。近关节骨折的处理和破皮断骨处理,各有不同。骨折处理,也要注意关照筋的护理。《素问》又按症状、部位,将痹证分为筋痹、骨痹、脉痹、肌痹和皮痹。人们经常把骨折、脱位的治疗称为大骨科。整脊治疗涉及软组织损伤,又涉及骨伤范围,兼涉及内、外、妇、儿、五官、内分泌、神经等各科内容。《素问》"因而强力,肾气乃伤,高骨乃坏"涉及腰脊与肾关系的理论,为中国传统医学认识脊椎疾病提供理论依据。

董胜军对《医宗金鉴》功夫尤深。《医宗金鉴》中指出:"今之正骨科,即古跌打损伤之证也"。《医宗金鉴》针对正骨治疗总结出摸、接、端、提、按、摩、推、拿等八种手法。系统总结历代骨伤科经验,在固定方面创造和改革了多种固定器具,在外治方面强调手法治疗,知其体相,识其部位,巧生于内,手随心转,法从手出,在内治方面专从血论,须先辩或有瘀血停积或为亡血过多,然后施以内治之法,祛瘀顺血,调养气血。这些著作悠久,里面关于中医正骨的描述,像一个魔幻的城堡,吸引着喜欢探秘的人们。从博大精深的中医宝库中,董胜军孜孜不倦的学习,也不断的汲取丰盛的"营养",父亲董桂芬生前把祖传的正骨手法及"活血散"、"接骨丹"、"外敷膏药"等药物的秘方传给了他。董胜军的聪慧、认真、勤奋得到了董桂芬的认可,董家骨科的衣钵也后继有人。董胜军从父亲手中接过家传秘方的同时,更多的接过来到是一种责任,一种对家业振兴、家族传承的担当。

董胜军大学毕业,少年时候的兴趣让他毅然选择了考取医学类学校,从事专业的医学学习。在校期间,对于学习严格要求,也非常的勤奋。通常研究中医经典著作,阅览历代医籍,学习现代医学,常常深夜才睡。中医理论很多文字和语言是抽象的,概念也是抽象的,在学习的过程中,要将抽象的理论学习与现场实景建立联系,这就需要有良好的中医基础,并在此基础上对中医理论有很好的感悟。董胜军在跟师学习的过程中,注重把理论学习和实践的屏障打开,加以消化,从中悟出道理。中医理论中的五行、阴阳、脉象等自然能够明白其理,药方的药理也能深究其道。学医就像打猎一样,要学会打猎,而不是去拾猎物。董胜军深知学学好打猎只有在打猎的过程中不断学习、探索。中医博大精深,首先在学医的过程中要态度明确,要广开眼界,开阔思维，以求达到触类旁通。

　　大学教育能够接受系统性的理论学习，而中医典籍的研究能够开拓视野。新式教育方式，又另辟蹊径，让董胜军更多的接收到家庭传承不一样的视角。董胜军在校学习期间，就注重把董家正骨的药方进行理论的总结。他总在思考一个问题，就是怎么让家传秘方和正骨医术更容易的与现代医学结合，更叫有效的提高治疗、康复的便捷性。也许这是一个庞大的工程，需要下一番功夫才能攻破的课题。在当时学校里，没有自己的团队，自己临床的经验也少，完成这个课题是不现实的。但董胜军的头脑中深深的埋下了伏笔，关于家传正骨发展的思索时时闪现。

　　1991 年，董胜军承担起了"董家骨科"的管理重任。那时的董胜军对于中医正骨的理论已经烂熟于胸，并有临床经验。家传正骨的精华能够明确其理，熟练操作，施以良术。董家骨科名声在外，董家正骨普遍接受。但对于董胜军来说，一切都要从零开始。董家正骨拥有今天这样多的光环，是一代代传承的结果，也是一辈辈积攒下的丰富精神创造的遗产。那时候的董胜军暗下决心，一定要像父辈一样，依靠技艺赢得赞誉，把董家正骨的牌子给竖起来，传下去。在新的时代，董胜军考虑更多的是"董家骨科"的发展，而发展的不歇动力就是创新。董胜军深刻认识到，中医正骨的时代变化。今天的时代医疗技术突飞猛进，中医面临的是更为现代化的社会和愈加庞大的受众。怎样去适应现代化的节奏，并运用学科理论服务于越来越多的百姓呢？怎样让"董家骨科"在这个变化的时代进程中，更好的发挥效力，这些都需要创新思维、创新实践。只有不断的发展创新，二百年的董家正骨才能更具活力和生命力,也只有这样才对得起祖辈留下的荣誉。

传统中医正骨创新需要向产业化发展,才能创造广阔的世界市场。中医正骨创新者需要产业化的视野,产业化的思维。把传统的家传中医正骨理论、技法,与现代社会的产业发展要求结合,满足日益增长的大众要求,与时代的快节奏,对时间效率的要求相结合,形成普惠大众产业体系,以市场化为创新动力,更好的服务伤患者,更好的传播"董家骨科"的广泛的影响力。"董家骨科"产业化,意味着董家正骨理论、药方更具广阔的服务天地,正骨理论的延伸也更加广阔,正骨理论和手法的提升空间更大,也会使以人为本更具实际意义。董胜军肩负董家创新的时代使命,在传统正骨创新的的过程中,不仅仅要考虑创新的可行性、科学性,还充分地从实际出发,从服务百姓的家传医德的传承去考虑,使"董家骨科"更具现实意义,更有发展空间,更具备实现产业化的可能。这种创新的出发点、考虑的全面性,让"董家骨科"在改革开放的时代环境和市场经济发展的自由氛围中依然广聚影响力。

万事俱备只欠东风,"董家骨科"的创新发展应时代要求应运而生。在中药、方剂方面,产品开发、科研研发的时代要求更具强烈。正骨理论的延伸,在骨病治疗方面需要解决股骨头坏死、骨质增生、坐骨神经痛、关节炎、肩周炎、三叉神经痛等现代人的职业病、老年疾病。在临床实践上,董胜军严格要求自己,积累了丰富的中西医结合骨科治疗经验。坚持中医辨证论治,参考仪器诊断。在几辈人正骨经验和技术的基础上,股骨胫骨折、骨折术后骨不连和延迟愈合等深入的进行课题研究,通过药物手法治疗,以期获得很好的治疗效果。

　　他既秉承祖训,又不断在治疗手法和用药配方上总结创新,使得正骨理论逐渐成熟,具有较高的临床参考价值和学术价值;在教育传承方面,通过构建创新教育模式,整合传统家传中医正骨药理、手法治疗理论,构建与社会需求相关的传承模式;中医医疗方面,临床医疗技术、传统膏药开发都可以创新, 必要的开拓性成果可以申请专利,进而转化为产业化成果,从而形成服务于病患的医疗产业规模。

　　"梅花香自寒中来",于山野虚谷间,雪中吐开,独压群芳。2005年,是董胜军发扬光大"董家骨科"的重要一年,这一年,潍坊市董家骨科研究所正式成立。董家骨科的发展走向了创新之路,"董家骨科"不单单是一所诊所。雄心广志的董胜军,等这一天等了许久,也努力了许多。研究所的成立便于更好的探究董家骨科的历史渊源、正骨手法和药物配方。董家正骨手法经过几代人的完善、发展,已趋于成熟的发展态势。几代人的经验积累,特别是董桂芬时代的临床经验的总结,都对董家正骨理论的延伸发展奠定基础。依托董家骨科研究所,董胜军广泛拜访远近名医,多次联合中医界的骨科名家,结合临床正骨记录,对董家正骨进行深入的研究,并对疑难病例进行医学论证,探讨董家正骨传统技法和临床医疗的有效运用,改进祖传手法,改善正骨疗法。

　　董家骨科的正骨疗法在传统正骨八法的基础上发展并完善为三大类手法,即诊断手法、复位手法和活筋手法。

　　所谓诊断手法指医者通过触、摸、探,对病情做出正确判断。用手指指腹触摸骨折局部,并用心体会,手法由轻逐渐加重,由浅及深,从远到近了解骨折移位情况,是分离还是骨碎等,医生在头脑中要建立一个骨折移位的立体形象。掌握需要正骨部位的全貌，做到胸有成竹。也可辅助现代医学设备的 X 射线，从平面和立体感上总体把握。做好这步，为临床运用其他手法对证施治打好基础。

复位手法就是指医者通过手法治疗，使骨折圆满复位。主要手法有拔伸牵引、旋转屈伸、提按端挤、摇摆触碰、夹挤分骨、折顶回旋。拔伸牵引手法是整复骨折的起始手法，由一人或是数人持握骨折远近段，先使肢体在原来畸形的位置下，沿肢体纵轴方向对抗牵引，然后按照正骨步骤改变肢体方向，持续牵引以矫正肢体的短缩畸形，恢复肢体长度。旋转屈伸手法应用于远侧骨折，用旋转、屈伸、外展、内收等方法，整复骨折断端的旋转或成角移位。用于整复骨折侧方移位的方法通常用提按端挤。骨折的侧方移位分为前后侧移位和内外侧移位；前者用提按法纠正，后者用端挤手法矫正。医者一只手固定骨折近端，另一只手握住骨折远段，或上下提按，或左右端挤。横断、锯齿型骨折，需要使骨折面紧密接触，用摇摆触碰，可以增加复位的稳定。用双手固定骨折部，在助手维持牵引下，轻轻左右或上下方向摇摆骨折远端至骨擦音消失称摇摆法。触碰法可使骨折端紧密嵌插，医生一只手固定骨折部，另一只手轻轻叩击骨折远端。夹挤分骨可以用于矫正两骨并列部位骨折移位的手法，医者用两手拇指及食、中三指由骨折部的掌背侧对面挤捏或夹挤两骨间隙，使骨间膜紧张，靠拢的骨折断端便分开，远近骨折段相对稳定，并列的双骨折就能像单骨折一样一起复位。折顶法用于矫正肌肉丰厚部位的骨折，且较大的重叠移位仅靠拔伸牵引法不能矫正者。双拇指并列抵压骨折突出的一端，两手余指环抱骨折下陷的一端，用力挤按突出的一端使骨折处原有成角加大至 30～50 度，当骨折端的骨皮质接近后，骤然用环抱的四指将远折端的成角伸直，进行反折。

回旋法用于矫正背向移位的斜形骨折、螺旋形骨折、软组织嵌入骨折。双手分别握住远近折端，按原来骨折移位方向逆向回旋，使断端相对。《医宗金鉴》中提到：按者，谓以手往下抑之也。摩者，谓徐徐揉摩之也。此法盖为皮肤筋伤，但肿硬麻木，而骨未断折者设也。或因跌仆闪失，以致骨缝开错，气血郁滞，为肿为痛，宜用按摩法，按其经络，以通郁闭之气，摩其壅聚，以散瘀结之肿，其患可愈。

活筋手法也是治疗骨伤的最后一步，也是研究所整理研究的正骨手法第三步。董家骨科研究所从中医整体观念，以气血、脏腑、经络、舒筋理论为辩证理论。以治外伤当明内损，治疗筋骨当虑气血为主导思想，对于骨伤造成的急性伤筋需正骨续筋，使离位之筋复原，跟上以手法整复。"筋以柔韧为常，治筋喜柔不喜刚。在施治中必须顺其生理，以柔治刚。修复伤筋要遵循受伤机制与伤后的生理病理变化，先行巧力拔伸，使断端全离，方能复位。使用理筋手法时要轻柔，着重调理骨折周围受损的筋络。注重脏腑与其所主筋骨、气血的相互关系。外伤筋骨肌肉，内可影响肝肾脾胃，导致伤气、伤血。伤血必伤气，伤气亦伤血，从而造成血瘀气滞或气滞血瘀，影响气血循行而出现全身或局部的病理反应。治疗过程中根据骨折伤筋后的病程发展规律，以期达到活血化瘀、接骨续筋、舒筋通络，强筋骨、通经络的治疗效果。活筋手法需要注意由轻到重，区别对待。对瘦弱者宜轻而缓，对健壮者稍重而快。手法运用范围得当，手法到位。

正骨固定利于强化整复后的效果，以加速骨折的愈合。董家骨科研究所创立独特的正骨固定法。其正骨固定法尤为成熟,细分为小夹板固定、粘贴固定、绑扎固定、器具固定、积淀固定、皮肤牵引固定等,特别是便捷、实用的小夹板固定和皮肤牵引固定最具特色。研究所在原先夹板固定的基础上,开发了许多更加简单、易用、有效的固定法,通过临床实用和患者用后反应,效果良好,减少痛疼。例如用石膏托抱膝圈,对于治疗髌骨骨折有帮助。肩锁关节脱位可致局部疼痛、肿胀,影响伤肢外展或上举。研究所创造胶布粘贴法治疗肩锁关节脱位,以胶布粘贴,将高凸的锁骨外侧端向下、向前加压,腋下垫软卷,患肢悬吊制动 3 周后做主动或被动锻炼。当然根据严重程度,采用方式不是惟一。

股骨颈骨折常发生于老年人,体位、皮牵引和骨牵引是股骨颈骨折常用的牵引方法。董家骨科采用胶布皮肤牵引法治疗股骨颈骨折,对骨折进行复位和固定,配以强筋壮骨的中药和膏药内服外敷,疗效确切、效果显著。董家骨科研究所的正骨固定法,特别注意固定范围的适应性。力求气血运行畅通,避免肌肉萎缩,关节僵硬,骨质疏松,延缓骨折愈合等。对横形骨折、移位骨折、长骨骨折等方式各异,策论有别。

为了应对当今社会发展需要,董胜军和董家骨科研究人员,依托丰富的临床经验,在继承祖传秘法的同时,结合临床经验,将"董家正骨"灵机化裁,研制出治疗风湿、类风湿及痛风性关节炎、强直性脊柱炎、颈腰椎肥大、腰椎间盘脱出、坐骨神经痛、股骨头无菌性坏死、痿软瘫痪症、中风后遗症等二十多种疑难杂症的系列疗法应用于临床,效如桴鼓,使许多身患绝症体染沉疴者得以康复。

　　董胜军深刻的意识到祖传正骨膏药固然独特,但医学是不断发展的,这就要求董家正骨祖传膏药也要与飞快发展的医学科学结合起来才能适应不断发展的骨伤医学的需要,才能更好地解除骨伤病人的病痛。他率领研究所的科研人员,利用现代制药技术对"董家骨科"的祖传方剂进行了药理探究,深入分析,用科学的方法改良制剂。2010年,董胜军在青海省工商行政管理局注册成立了西宁董氏康复用品有限公司,进行方剂研究和生产。西宁市作为青海省省会,地处被誉为"三江之源"、"中华水塔"和"世界第三极"的青藏高原东北部,区内种类繁多,蕴藏着丰富的药材资源。西宁董氏康复用品公司看中的也是这个地方的藏药资源,为董家骨科的膏药制药和方剂产业化生产提供优质资源基地。董家骨科研究所和西宁康复用品有限公司现已开发研制了"鱼鳔接骨胶囊"、"灵术活血胶囊"、"骨刺贴膏"、"活血贴膏"等多种中药方剂,并取得了"医疗机构制剂许可证",也获得了青海省和山东省食品药品监督管理局批准文号,董家骨科牌"骨刺贴膏""活血贴膏"已获国家二类医疗器械生产许可证。"灵术活血胶囊"有活血化瘀、通络止痛的功效,适用于骨质增生、颈肩腰腿痛属血瘀症患者;"鱼鳔接骨胶囊"有活血行气、消肿止痛、强筋续骨的疗效,主治骨折早、中、晚期属血瘀气滞症患者;"骨刺贴膏"有促进人体病变部位的血管扩张和血液循环,达到疏通经络、祛风燥湿、通痹止痛、改善症状的功能,适用于骨质增生、颈肩腰腿痛、腰肌劳损、神经性疼痛麻木、风湿及类风湿性关节炎、肩周炎等症状;"活血贴膏"能促进人体病变部位的血管扩张和血液循环,达到活血化瘀、抗炎、改善微循环、增强免疫、强化细胞膜、活化细胞、促进组织细胞再生等功效,适用于股骨头坏死、骨折、骨折延迟愈合等。

董家骨科研制的治疗骨伤骨病的中药制剂,既有传统药方的功效,也有现代医药的改进和科学配方。其中5种纯中药制剂分别适用于早、中、晚不同时期的血淤气滞症患者,有消肿、养骨、强筋、行气、通络的效果。对于配合治疗人体各部位骨折,骨折手术后延迟愈合、股骨头坏死、骨质增生、坐骨神经痛、关节炎、肩周炎、三叉神经痛等疾病有显著疗效,并以疗程短,花费少而名扬省内外。

董家骨科研究所采用的治疗方案是症状明显的局部采用中药方剂烫洗或者贴"骨刺贴膏",配合口服灵术活血胶囊治疗,目的是活血化瘀,舒筋通络、除风祛湿、消炎消肿、改善血液循环达到治疗目的。董家骨科治疗骨伤的独到之处,在于初期用药"破血"化瘀,中期用药"和血"生骨,后期用药"补血"养身,三期用药坚持辩证施治原则,做到药物理疗有章可循。

董家骨科秘制贴膏采用传统中医手工秘法,有原料浸泡、文火熬制、药枯过滤、烈火煎沸、药油滴水成珠、下黄丹、加固重药、去火毒、涂布冷却等九大程序秘制而成。在选材上精选三七、乳香、红花、血竭、自然铜、血余炭等30余味中草药,在制作工艺中,先将其中的28味倒入缸中,用香油浸泡,浸泡的时间要根据时令而定。泡好后将药和油全部放入锅中,用文火熬制。在熬制过程中慢慢观察,等到药物枯焦成黑褐色时,虑去药渣,把油重新倒入锅中,改用武火熬制,等到蹿红时,改为温火,慢慢熬制。炼油的火候很关键:可以看温度计,是否达到规定的温度;其次看油烟,起初是浅青色,之后是白色的浓烟;还可以看油花,沸腾之初,油花一般是在锅壁的周边,温度高时油花向锅中央聚集。当药油能够自然成珠,提起时自然流下而不散时开始下丹。董家骨科膏药熬制,采用火上下丹,黄丹在下之前过筛且已经炒好,丹药要慢慢的加,在一边加的时候一边进行搅拌放烟,搅拌要朝同一个方面顺时针或是逆时针进行。直到液体搅成粘稠的膏体,且膏药不粘手且拉丝不断就是最佳状态。等到温度降至无烟时,将剩余中药研成细末,放入锅中拌匀,冷却后捏成条,埋入土中五天左右,再浸泡水中两周左右,每日换水两次。这样做的目的是去火毒,一番程序下来,膏药自然成型。以后在使用时,取一定量的膏药团然后放置在容器中,放置于水浴或者是文火上并让其熔化,然后在膏药中加入相关的细料并搅拌均匀,然后用竹签蘸取适量的膏药平铺在牛皮纸或膏药布上就可以了。

董家骨科在创新之路上,走出了一条通天大道,董家正骨的手法、药剂等一手伸向过去,一手伸向未来。依托董家骨科研究所和西宁董氏康复中心,董家骨科的产业化、专业化、现代化之路越走越宽。而默默为此做出一切的是第五代传人董胜军——一个忠于传统而不拘泥传统的人。2013年董胜军斥资1000余万元成立潍坊锦博医药科技公司,一个百年老店走向了公司制发展的光明大道。科技是第一生产力,科技含量的增加,为董家骨科发展插上了翅膀。公司坐落于潍坊高新科技区,交通便利,区内环境优美、基础设施配套完善,创新能力强,人才聚集,政府注重企业科技创新能力的提高,多有政策倾斜、资金扶植。潍坊董家医药科技有限公司,依托高新园区创新环境,创设了医药研究实验室、医药生产净化车间。公司注重科研投入和产品开发,主要生产关节用中药洗剂、喷剂和医用凝胶。产品适应范围广泛，对于痹症、腰腿疼、肌肉关节疼痛、屈伸不利、肩周炎、颈椎病、风湿及类风湿性关节炎、跌打损伤等，具有舒筋通络、活血化淤、消肿止疼、祛风散寒、通痹除湿、消除疲劳等作用。对于正骨后康复有活血化瘀、舒筋活血、通利关节的作用。针对骨折术后关节僵硬功能恢复、肌腱韧带粘连等有治疗作用。2013 年公司得到潍坊高新技术产业开发区技术局的认可，并就应用技术研究与开发资金项目进行合作。公司迎来了提高企业自主创新能力，加快实施创新驱动的好时机。公司积极投入资金，在新产品开发上，坚持自主创新，在这方面，也得到了高新区的资金鼓励。公司研制的一种新型的治疗骨刺的膏药连同他的制备方法已经申请专利。坚持创新的理念已经成为了董家骨科企业的灵魂，公司的两项科研产品也有了新的成果，并积极申报专利保护。在未来的不久，我们相信董家骨科科技企业，在日益强烈的行业竞争中有属于自己的自主技术会越来越多，也会继续发扬光大。

董家骨科，不仅仅是一所诊所。董家正骨传承悠久，经久不衰。董家骨科从一代代走到今天，其影响力不减更增，在中医骨科治疗方面，得到了百姓和同行的认可，使其在国内骨伤医学界的地位得到提高。董胜军知道自己的责任，也时时掂量自己肩上的重担。为了使董家骨科正骨医术健康发展，为了更好的传承和造福大众。2009 年，董胜军向国家工商总局申请注册了"董家骨科"商标，同年董家骨科被列为山东省非物质文化遗产保护项目，董家骨科这个百年传承的中医文化遗产，有了政策的支持。2012 年董胜军被认定为董家骨科正骨疗法代表性传承人，2016 年董家骨科诊所被列为山东省非遗生产性保护示范基地，2017 年又向国务院申请了国家级非物质文化遗产。

在中医文化体系中,董家骨科能够为传统文化的发展做出一点自己的贡献。董家五代传承,一代代的接继着传统正骨医术。第五代传承人董胜军以其自己的担当,挑起了董氏正骨的新传奇。

申请非遗不仅仅是一种荣誉,更多的是对传统的一种尊重,对文化遗产保护的一种责任。决定申请非遗,并为申遗做系列准备,董胜军及董家成员不辞辛苦。国家、省、市非遗保护的目的是为了更好的保护非遗文化项目,以利于非遗文化的传承。在非遗申请的要求上非常严格,对于非遗的文化要求具有真实性。董家骨科从道光年间创号,祖传秘方和制作工艺保留延续了二百多年历史。现在董家祖传医用秘方有很好的保存,可以作为非遗申请的凭证。在董家还保留了原先堂号行医的秤杆和印章,董家的"天德堂"的堂号也有完整的匾牌。非遗申请还要求能完整地掌握该项目的传统知识或特殊技能,并具有传承能力;在该项目领域具有明晰的传承谱系,具有公认的代表性、权威性和影响力。董家正骨医术,五代传承,经历了创始人董庆和创行医名号"天德堂",一技之长传造声誉;第二代传人董玉善,堂号门上挂一箩筐,医德义举医百姓;第三代传人董尚景"接骨神仙"爱国义举拒医金;第四代董桂芬"中医正骨一代宗师"集成正骨理论;第五代传人董胜军发扬光大董氏医学,积极传承,培养后继人才。传承谱系清晰,从第一代开始,在当地和外域也有广泛的影响力,随着发展,在业界也广受关注。

董家骨科申请非遗的条件日渐成熟,也恰逢其时。董胜军结合市、省非遗政策的基本要求,积极争取立项。市文化部门对于董家骨科的非遗也非常重视,对于董胜军的申遗积极配合。从申报到准备再到逐渐立项评审,耗费了许多的精力,但这一切都是值得的。能够让自己的祖传秘方引起重视,不被遗失。能够通过传承,让古老的东西重新焕发生机。能够让更多的人参与到中医文化的学习,让博大精深的中医文化永放光彩。董胜军是这样想的,也是这样做的,感觉没有什么遗憾。为了将董家骨科的正骨手法这一非物质文化遗产发扬光大,董胜军书顺应时势,摒弃老一辈的保守观念,将祖传技艺对外公开。董胜军用自己的行动践行着董家骨科"播善天下、关爱健康"的经营理念和行医文化。

国学大师季羡林先生说:"如果人生有意义与价值的话,其意义与价值就在于对人类发展的承上启下、承前启后的责任感。"董胜军是一位具有强烈责任感的传承者,他把自己研究和实践的一套习医、行医方法无私地传授给中医爱好者,这本身就是一种高尚的医德。2013 年,创立"熏骨拔毒"疗法,首推"先看病,后花钱",以免费体验的方式帮助更多怕看病的患者,重拾康复的机会,受到 30 万患者及家属的广泛好评。医者德心,董氏家族以仁德之心传家济世。他和他的家人,是中医正骨的坚守者,在传统文化越来越受重视的今天,董家以其历史和社会的责任感,让传统文化焕然一新。在安丘这片热土上,董家骨科已经成为一颗耀眼的明星,成为地标性的城市名片。董氏正骨传人将传统秘方向社会传播,以治病救人为宗旨,既是中华民族的传统美德,更让传统文化徒增异彩。

如今的董胜军,依然在治病扶伤的临床一线。只要有时间,他都会深入百姓住户,坚持义诊,送爱心。他,是一位天使,在自己的领地上播散爱心的天使,用温爱心带来温暖。医者之大在医心,他的仁德

之心,是值得我们敬佩的。最后,让一首诗歌歌颂我们的主人公:

从远处走来,

一路是你抚慰我的神伤

你不仅仅是一个家族

你是我们身边的安全网

从第一代到第五代

每一代都是担当

时下的继承者

用自己双手托起明天的太阳

你是三七　三分药效七分医技

你是自然铜　天生带着创业的坚强

你是当归　是心的安放

你是红花　是一路走来的荣耀

不忘初心　必然有乳香的芬芳

施以仁术　让爱心透骨(草)

附 录

董家骨科两百年

朱瑞祥

董家骨科在安丘可是赫赫有名,一剂"接骨丹"救了无数的断骨伤者,旧时安丘有句流行语,"伤筋动骨不用怕,董家骨科最抓茬","抓茬"是安丘土话,权威、专业、有把握的意思。

接骨先生叫董桂芬,老爸叫董尚景,1906年,董尚景携家人迁来安丘城东关居住。笔者认识董桂芬的时候,董尚景已经没了。董桂芬四十来岁,紫红脸膛,胖胖的,和笔者岳父是邻居,按辈分得叫他大叔。

董家骨科起于大汶河畔董家王封村董氏家族,创始人董庆和生于清嘉庆八年(1803)。据《董氏族谱》载,道光十年(1830),一位旗人子弟落难安丘,董庆和出手相救,旗人为报答恩情,临别前将数代家传的正骨秘笈相赠。董庆和经过两年的潜心研习,于道光十二年(1832),创行医名号"天德堂",凭着独特的正骨医术,几年后便享誉周边府邑。

后几年,其子董玉善继承父业,不但尽得父亲亲传,而且医德高尚,在大门外挂一箩筐,穷人看完病后,拿不起钱的可随意放上一点粮米抵药费,无人监督数量多少,方圆百里的百姓无不赞颂这一义举。

董玉善生前将医术传于长子董尚景,董尚景天资聪颖,少壮年纪就有"接骨圣手"的美誉。一九三二年,早已过了花甲之年的董尚景遇上了人生的第一大喜事,侧室为他生了儿子。董尚景老来得子,取名董桂芬,娇生惯养自不必说,更是把全部希望寄托于他。教授研习,临床施治,董桂芬把董家骨科之真谛熟记于心。1947年,童年的董桂芬接过父亲衣钵,融合三代人正骨研药之经验,开始系统地整理董氏正骨的理论与方法,将"活血散""接骨丹""外敷膏药"等祖传秘方进一步完善,对于治疗人体各部位骨折、骨折延迟愈合、股骨头坏死、骨质增生、颈肩腰腿痛、关节炎、肩周炎、三叉神经痛、神经性疼痛麻木等疾病,疗效更加显著,没几年,成了省内外著名的接骨专家。

"膏丹丸散,神仙难辨",医药方剂不同于编绳索打草鞋之类的民间技艺,只能侧记证之。

说说董家骨科给韩二虎两次接骨头的事。抗日战争期间的1938年,国民党五十一军十团团长韩寿臣(绰号韩二虎)骑马摔断胳膊,董尚景为其精心治好断臂,免去截肢之苦。韩寿臣携大洋一箱致谢,董尚景婉言谢绝,佳话至今流传。

二十世纪四十年代,韩寿臣的番号成了"和平建国司令"厉文礼所属十团,驻扎在他的老家韩王封村。

早在1938年,占了潍县的日本鬼子,派了一辆汽车,拉了十几个鬼子占了安丘城,就住在北门里城隍庙里,安丘人把城隍庙改叫"鬼子院"。虽然跟着进城的还有一两百伪军,但都是些混吃混喝熬日头的,没人愿意替鬼子卖命,所以十几个鬼子过得提心吊胆。白天,开出一辆汽车,坐上五六个鬼子,景芝、官庄、雹泉转一圈,给炮楼里的伪军打打气,黑天还是回到鬼子院藏着,对眼皮子底下的韩十团,尽量躲着走,谁也不惹合谁,"狗咬马虎①——两下里怕"。

这样僵持了几年,到一九四几年,鬼子已经占了大半个中国,安丘城的鬼子耍心眼,要和韩二虎谈判,希望韩二虎归顺。韩二虎心里有数,汉奸的帽子不好戴。谈判对手叫麻田,是个杀人不眨眼的主,这家伙喜欢养菊,但是要用人血做肥料,所以隔三差五上监狱拽一个重刑犯,杀了取血喂菊花。麻田一把东洋刀玩得特溜,杀人都要卖弄花样,头顶一刀,直到腔沟,叫"二一添作五",横向一刀,腰斩两段,叫"蝴蝶飞",从肩膀斜劈下来,叫"凤凰单展翅",安丘人一提麻田,头皮都发麻。

韩二虎也是个血性汉子,不进城怕人瞧不起,谈崩了怕回不来,一狠心,大不了鱼死网破。约了日子,带着"四大金刚"进城。这四大金刚是韩二虎的心腹,职务等等不一,有营长,有排长,有马弁,个顶个身手不凡。笔者的老岳父亓德瑞是四大金刚之一。每人两把德国匣子枪,二百块现大洋。韩团长交代,现大洋是买路保命的,谁死了谁倒霉,花不了回来归自己。

傍黑天进城,进了鬼子院,没几句谈崩了。曹翻译是东关人,和亓德瑞很熟,对着麻田咕噜了几句。麻田也知道,韩团长不会没防备,所以也不敢耍横,客客气气找间屋子住下,第二天再谈。半夜,五个人一商议,走。摸黑进了北门洞,亓德瑞身轻如猫,摸到站岗的伪军身后,一个擒拿,捂了嘴,顺势把一袋子大洋拍在伪军手上:"兄弟,借路出城。"松开手,等回话。伪军说,给多少钱也不敢开门,麻田知道了全家都活不成,要走从城墙坠下去,我去找绳子。韩二虎讲义气,不能自己跑了让别人挨刀。

五个人上了城墙顶,三根绳子接起来,拴在墙垛上,三大金刚先下去探路,韩二虎第四。不料下到一半,绳结开了,韩团长没有防备,直直地摔下来,脚面子一阵钻心疼,估计是断了。亓德瑞最后下,有了防备,坠下一半,余下五米六米的,松手飘然落地,摔不着。

三大金刚护着韩二虎先走,亓德瑞断后。

半夜里有人跳城墙,装装样子也要追。刚打开城门一道缝,一梭子子弹穿过门缝打进来,吓得都不敢露头。

当年的亓德瑞,是个文文静静的小白脸,当票友,上舞台,扭扭捏捏唱小旦,上了战场,却是个不要命的主。两把盒子枪,左右开弓,点射连发,百步穿杨。右手子弹打光了,左腿屈膝夹住,单手装弹,左手射击不停,两手轮换着,几百发子弹打出去,追兵不敢伸头,纳闷儿,来了多少人接应? 躲在门后里咋呼一气,回鬼子院交差。

韩寿臣脚骨断了,没地方治,潍县乐道院是家大医院,鬼子占着,不敢去。想再找治好断臂的董尚景,一打听,董老先生两年前已经没了。挨了半个月,韩二虎心想,跑不了,跳不动,鬼子来了咋办? 亓德瑞说,上东关找董桂芬。亓德瑞老家城南亓家庄,搬来东关十几年,和董桂芬是一墙之隔的邻居,邻居辈分是平辈。晚上跑回来一说,董桂芬满口应承。那时候的董桂芬还是个小年轻,当晚上去了董王封村。董桂芬一看,说坏了,骨头长住了,错着位,如果这样接起来,要瘸,除非弄断另接。韩二虎一听,二话没说,脚面伸进门槛底下,闭眼咬牙一使劲,"咔叽"一声,长好的骨头别断了,把董桂芬惊得张嘴闭不上,半天才说,"古有关云长刮骨疗毒,今有韩团长断骨另接,服了服了。"错位的骨头茬捏正了,"活血散""接骨丹""外敷膏药"留下了一大堆,"破血"化瘀,"和血"生骨,"补血"养身,都说是"伤筋动骨一百天",韩二虎不到两个月康复如初。

转眼到了二十世纪的六七十年代。"河里没鱼市上看",平常也没见有伤筋动骨的,在董家,断腿折胳膊的你来我往不断溜儿。路南就是人民医院,骨科也很专业,但是伤者不去,就愿意找董桂芬。那年月"割资本主义尾巴",不让做买卖,不准耍手艺,只能老老实实挣工分。董桂芬出身不好,怕挨斗,看看那些断腿折胳膊,不忍心不救,本来是光明正大的善举,反倒要偷偷摸摸地进行。治好了,钱不敢收,病号过意不去,地瓜干子换酒来"打情"。没事去董家玩,炕前里三口大瓷缸,满满的全是散酒。那年月瓶装酒少见,散酒就是好东西,村干部跟着沾光,对走资本主义道路的董桂芬,睁一眼闭一眼。人民医院的业务受了影响,医生还庆幸呢,那时候医生工资不和医院收入挂钩,落得个清闲。

时至今日,董家骨科行医已近两百年。董桂芬之子董胜军,受家族影响,从小酷爱中医正骨。在父亲所传医术的基础上,配合现代检查仪器,创建发明了简单有效无痛苦的外固定方法,改良了制剂,成立了潍坊市董家骨科研究所,研制开发的"强力骨刺贴""强力活血贴"已获国家正式批准文号。并取得了"医疗机构制剂许可证"。董家骨科研制的"灵术活血胶囊""鱼鳔接骨胶囊",已获得了山东省食品药品监督管理局的批准文号。"董家骨科正骨疗法"被列入省级非物质文化遗产保护名录,董家骨科被评为潍坊首批"老字号"。目前董家骨科为全省唯一证照齐全、规范行医的中医特色医疗机构,现已获得"山东省老字号"荣誉称号。

——摘自朱瑞祥《民间技艺》

医案医方五例

手法整复左锁骨骨折病人一例

患者孙健,男,28 岁。山东省安丘市贾戈街办,因左锁骨外伤疼痛不敢活动 1 小时来诊。

患者于 1 小时前发生车祸,伤及左肩部,随即感疼痛,呈持续性锐痛,不敢活动。无头痛头晕,无恶心呕吐,未经特殊处理,急来我处就诊。伤后未进饮食,未行大小便。

查体:青年男性,神志清,痛苦貌,自主体位,查体合作。全身皮肤粘膜无黄染及出血点,浅表淋巴结未触及肿大。头颈胸腹未见异常。左肩部肿胀,瘀斑,触痛明显,可触及骨擦感,远端血运及感觉无异常,余肢体未见异常。

辅助检查: X 线示:左锁骨骨折

诊断:左锁骨骨折

治疗经过:患者确诊后即刻给予左锁骨骨折手法整复锁骨带固定治疗。手法整复:患者端坐于凳子上,两手叉腰,一助手从患者背后以膝关节顶住患者背部,两手分别置于患者两肩部并用力向后牵拉纠正其重叠移位,术者两手把持骨折两断端,并以回旋、端提手法使之复位,待复位成功后,于骨折断端添加压垫,并加一纸壳,然后以锁骨带外固定。注意患者肢端感觉及血运情况。术毕,给予口服鱼鳔接骨胶囊,一日三次,一次五粒,饭后以温黄酒送服,忌食生冷食物,大豆腐,鸡蛋。

一周后复查,见骨折对线对位好,继续服用鱼鳔接骨胶囊,一个月后拍片复查见骨折对线对位好,骨折线模糊,结合查体证实已达临床愈合。

手法复位治疗腰椎间盘突出病人一例

患者黄韶华,男,42岁,安丘市检察院。就诊日期:2007年9月12日。

患者于半年前弯腰搬重物时不慎扭伤腰部,当时腰痛剧烈,卧床不起,经治疗半个月后逐渐好转。三个月前患者再次扭伤腰部,当时腰部疼痛剧烈,可向下放射至左下肢,并伴有麻木沉重感。曾于外院诊断为腰椎间盘突出,并休息,服用药物及推拿治疗,效果不佳。于一周前至当地医院诊治,准备给予手术治疗,因患者不能接受,遂至我处诊治。

查体:青年男性,神志清,精神不振,自主体位,查体合作。全身皮肤、粘膜无黄染及出血点。脊柱向左侧侧弯,第4、5腰椎间压痛明显,可放射至左小腿,左小腿外侧皮肤感觉迟钝。患者腰部活动受限。直腿抬高试验:左50度。

辅助检查:腰椎CT示:腰椎间盘突出症(腰4/5)

诊断:腰椎间盘突出症(腰4/5)

治疗经过:患者入院后给予手法治疗一次。整复手法:基本手法:患者俯卧于治疗床上,自然放松腰背肌,1.推按摆动手法,术者站于一侧,双手掌重叠置于L4~L5平面,做腰部左右推按等法。2.推按理顺法,术者以单掌掌根沿左右侧背部伸肌自上而下旋转按压至骶髂关

节处。整脊手法:1.牵引推拿法:行平行或对抗牵引推拿,在牵引的同时给予适当的推揉弹拨闪颤法等手法。2.推肩扳腰法:患者侧卧,患肢位于上方呈屈曲状,下肢伸直,一手置于患肩用力推向背上方,另一手置于臀部用力按压向前下方,术中可听到"咔咔"复位响声,术后给予外用骨刺贴贴敷,口服灵术活血胶囊,一日三次,一次五粒,饭后以温黄酒送服,忌食生冷。经治疗一周后缓解出院。出院后继续服用灵术活血胶囊治疗,一月后复诊,腰腿痛症状消失,腰部活动受限消失,腰腿功能恢复正常,经治疗后痊愈。该病人随访至今未见复发。

手法整复治疗胫骨下段骨折病例一例

马黎明,男,42 岁,安丘市第一中学。就诊日期:2007 年 4 月 20 日。

患者于 3 小时前不慎伤及左小腿,随即感疼痛,呈持续性锐痛,不敢活动,肿胀,无出血,无胸腹痛,无二便失禁。伤后未经特殊处理,急送我诊所诊治。

查体:青年男性,神志清,急性痛苦貌,自主体位,查体合作。全身皮肤粘膜无黄染及出血点,头、颈、胸腹未见异常。左小腿上段肿胀,触痛,可及骨擦感及异常活动,远端血运及感觉好。

辅助检查:X 线示:左胫骨上段骨折。

诊断:左胫骨骨折(上 1 / 3 段)

治疗经过:患者来诊后,即刻给予手法整复。患者仰卧,膝关节屈曲 20–30 度,一助手站于患肢外上方,用肘关节套住患膝腘窝部,另一助手站在患肢足部远侧,一手握前足,一手握足跟部,沿胫骨长轴做对抗牵引 3 到 5 分钟,矫正重叠及成角畸形。术者两手拇指放在近端前侧,其余四指环抱小腿后侧,在维持牵引下,近端牵引之助手在术者两拇指用力的情况下将近端向后按压,术者两手端提远端向前,使之对位。然后,在维持牵引下,术者两手握骨折处,嘱助手徐徐摇摆骨折远端,使骨折端紧密相插,最后以拇指和食指沿胫骨嵴及内侧面来回触摸骨折部,检查对线对位情况并于 X 线透视下见骨折对线对位好,随即给予小夹板外固定术,术后给予口服鱼鳔接骨胶囊,一日三次,一次五粒,饭后以温黄酒送服,忌食生冷食物,大豆腐,鸡蛋。两周后给予改换小夹板固定为石膏外固定,注意肢端血运。继续服用鱼鳔接骨胶囊,八周时去掉石膏行 X 线检查,见骨折对线对位好,骨折线模糊,断端有大量骨痂形成,查体见骨胫骨上段无肿胀,无压痛及纵向叩击痛。左胫骨骨折临床愈合,拆除石膏外固定,行膝、踝关节功能锻炼,可不负重下地行走。

手法整复治疗左肩锁关节脱位一例

患者:张立国,男,30 岁,潍坊市潍城区检察院。就诊日期 2008 年 8 月 8 日。

患者于 3 小时前被摩托车撞伤,致左肩锁关节处剧痛、肿胀、瘀斑,患肢不能上举过肩,不能活动。无皮肤破损,无出血。未经特殊处理。急来我处诊治。

查体:神志清,左肩锁关节处肿胀严重,压痛明显,未扪及骨擦感及弹响,左肩关节主动外展受限,远端血运及感觉正常。

辅助检查:X 线示:左肩锁关节脱位。

诊断:左肩锁关节脱位(Ⅱ度)

治疗经过:患者来诊后,即刻给予手法整复。将患侧上臂至肘、肩及对侧肩部清洁并干燥,一助手向上推举患肢肘部,术者一手置锁骨远端用力下压, 另一手握住患侧上臂上推至复位后于锁骨远端肩锁关节处置压垫,固定压垫,用宽胶布沿上臂纵轴,加压缠住锁骨远端之压垫与肘关节,使患侧手搭于对侧肩部,以宽胶布固定。术后给予口服鱼鳔接骨胶囊,一日三次,一次五粒,饭后以温黄酒送服,忌食生冷食物,大豆腐,鸡蛋。固定期间注意肢端血运及感觉,随时复诊,维持固定 4 周后,拆除固定,拍片检查见对位良好,渐行左肩关节功能锻炼。

右股骨粗隆间骨折病例一例

患者:丁月英,女,81 岁,潍坊市潍城区向阳路。就诊日期:2009年 6 月 10 日。

患者于三小时前做家务时向后跌倒,右臀着地,即出现右髋部疼痛,不能站立及行走。局部无出血,无头痛头晕,无恶心呕吐,未经特殊处理,随入我处诊治。

查体:神志清,急性痛苦貌。右足屈曲外旋 30° 位,患肢较健侧短缩 1.0cm,右侧髋部轻压痛、叩击痛,右髋伸屈活动和旋转受限。远端血运及感觉好。余肢体无异常。

辅助检查:X 线示:右股骨粗隆间骨折。

治疗经过:患者来诊后,即刻给予牵引治疗。具体操作方法如下:

将患肢清洗干净，待干燥后以宽胶布自患肢内外侧膝关节以上10~20CM处沿下肢纵轴方向粘贴，至足底处置一扩展板并以以上两胶布粘贴固定，从扩展板中以一牵引绳穿出，后系沙袋。沙袋重量以体重的1/10牵引，保持患肢外展位，足尖向上，牵引四周后减轻牵引重量，至6~8周后去除牵引，行膝关节不负重功能锻炼。牵引期间注意避免褥疮、泌尿系感染等长期卧床并发症的发生。配合服用鱼鳔接骨胶囊一日三次，一次五粒，饭后以温黄酒送服，忌食生冷食物，大豆腐，鸡蛋。三个月后复查X线片见骨折线模糊。可不负重下地活动。

医方三则

1.横型、斜型、粉碎性骨折
鱼鳔接骨胶囊：鱼鳔5克、三七15克、红花8克、乳香(炙)10克、没药(炙)5克、当归5克、血竭6克、三棱6克、自然铜8克等。

2.陈旧性骨折
董氏接骨散：当归6克、红花5克、乳香(炙)10克、没药(炙)5克、血竭5克、血余炭10克、赤芍5克、地龙5克等，研末水煎服。

3.股骨头坏死及股骨颈骨折
当归6克、血竭5克、自然铜(煅)8克、麻黄6克、地龙6克、鱼鳔(烫)5克、透骨草6克、土元10克、川芎6克等。

4.骨质增生
灵术活血胶囊：三七10克、红花5克、乳香(炙)6克、没药(炙)6克、威灵仙8克、三棱5克、莪术5克、秦艽6克、赤芍5克、狗脊5克，

桂枝 5 克等。

5.神经性疼痛麻木

当归 5 克、乳香(炙)10 克、没药(炙)10 克、马钱子(炙)6 克、红花 5 克、三七 10 克等。

董家骨科传承谱系

在封建社会,由于统治阶级对民间行医不予重视,撰写的历史文献也不能将董家骨科载入史册。因此,董家骨科的正骨医术和制剂工艺及其师承谱系难以整理。经过采访多名老者,根据现有条件和资料,只能大致整理出部分传承人的师承谱系如下:

传承谱系	代别	姓名	性别	出生年月	文化程度	传承方式	学艺时间	居住地
	一代	董庆和	男	1803	童生	口传心授	30年	安丘贾戈董家王封
	二代	董玉善	男	1836	童生	口传心授	20年	安丘贾戈董家王封
		董福堂	男	1840	私塾	口传心授	15年	安丘贾戈董家王封
		董福亮	男	1841	私塾	口传心授	14年	安丘贾戈董家王封

三代	董尚景	男	1877	私塾	口传心授与书面理论	20 年	安丘东关
四代	董桂芬	男	1932	小学	口传心授与书面理论	20 年	安丘东关
五代	董胜杰	男	1954	初中	口传心授与书面理论	20 年	安丘东关
	董胜民	男	1958	高中	口传心授与书面理论	20 年	安丘东关
	董胜军	男	1967	大学	口传心授与书面理论	22 年	安丘东关
六代	董亚慧	女	1987	大学	口传心授与书面理论	11 年	安丘东关
	董亚静	女	1994	大学	口传心授与书面理论	6 年	安丘东关
	董锦博	男	2002	高中	口传心授与书面理论	2 年	安丘东关

后记

仁人医者百年心

光怪陆离的今日世界，中医，这门古老的"手艺"似乎一直在改变自己的容颜，从外部环境到内在特性，从他者理解到自我体认，这种改变一直存在，不枝不蔓，静水流深。

半个世纪以来的中医体认，其最不容忽视的改变，便是体现了中医群体之认知层分化。大致说来，六零后是对中医笃信的一代，七零后是疏离中医的一代，八零后是对中医感到神秘的一代，九零后是对中医未知的一代。短短三四十年间，从笃信到疏离，从神秘到未知，所有的现象都在指向一个大问题——中医的传承与发展。

董家骨科传承人董胜军先生出生在中医正骨世家，现在又以中医为业，对中医的传承问题感触尤为深刻。听董胜军先生说，小时候，他在其父董桂芬先生的指导下背药名，识药材，抄药方，认穴位，课业繁重，却收获很大。父传子，师授徒，子子孙孙，如斯承继，无数个杏林妙手也就是在类似于这样的环境成长起来的。现在想来，这种传承其实是家族式的，作坊式的，比起西医那种分科明确、集体教授的传承方法在人才后续梯队上的确后进。再加上现当代西方自然科技和哲学理念的进入，西医的思维方式和研究方法构成了对中医学的极大的挑战。这种挑战一直在继续，从未停息。而现在呈现于我们面前的另一个挑战,便是对前辈医家的遗忘。多少故人先贤的事迹,多少古老的遗存,都在历史的风烟中渐行渐远。笔者不忍见董氏行医世家旧事日渐调零,用了一年的时间,搜集撰写,留住了光阴,留住了往事,也留住了董氏一族的医者心。

中医博大精深,它最大的特点是有一个整体观。我们所熟知的五行、四时、阴阳、天人等中国传统文化观念都在中医理念中有所反应,这是中医追求自我完善和人之整体观的必然结果。中医和西医最大的不同不在于药物的分配和病症的确定,而在于施治的原则。西医着眼于局部,中医着眼于整个的人。所谓阴阳,是中国古代对性质相反的两种自然现象的形象概括,如天地、日月、水火、南北、男女、表里、动静、刚柔、进退、屈伸、翕辟等,都是构成世界的阴阳两极,阴阳的相摩相荡,是化生世界万物的根本动力。如《老子》所说:"万物负阴而抱阳,冲气以为和。""和"是阴阳两种力量的和谐与平衡,是生命的常态。阴阳哲学包含着原始朴素的辩证法思想。五行学说也是中国古代观察认识世界的认知方式,是对世界万物多样性的形象概括。它把世界万物分为金、木、水、火、土五类物质,这种思想最早见于《尚书·洪范篇》。有些先秦典籍也称之为"五材",如《左传·襄公二十七年》:"天生五材,民并用之,废一不可。"至战国秦汉时代,又衍生出五行生克说,认为五行之间存在着既相生又相克(相胜)的关系,如木生火,火生土,土生金,金生水,水生木;而同时,木又能克土,金克木,火克金,水克火,土克水,一切事物都处于相生相克的循环运转之中。汉代以后,阴阳五行学说对中国封建王朝的政治产生了深远的影响,而一些巫师和方士也借助于它从事迷信活动,沦为荒诞无稽的邪说怪论,危害很大。不过,中医运用阴阳五行学说来从事医疗及养生保健时,在临床实践上却收到了较好的效果,其中很多东西是难以用现代医学知识加以解释的。

现在的中医之问实际上是一个民族之问,更是一个文化之问。因为中医的家族式、作坊式、偏方式发展,其如何实现精密的认证方式,如何建立标准的准入体系,如何呈现系统的中医文化,都是大哉之问。大哉之问之外,文献的亡佚,前辈们的远去,也好像让中医的发展有些青山独立中、大树自亭亭的感觉。

本书记录了董家骨科中医世家的产生、承续、发展、创新诸环节。同时,在记录史实事件的同时,更记录了董家骨科的艰辛发展,记录了董家数代在汶水之畔的百年乡愁,也以此为代表,反映了吾国古今医家们的仁人医者百年心。

感谢王昌恩教授百忙之中为本书写序,同时在本书出版过程中,于利民、周文明、李连科、王雪松、牛鹏志、李凤玲、马淑强、朱瑞祥、郑长梅、董春明等同志给予了大力支持,在此一并感谢!

是为后记。

宋 行

2018 年 12 月